魂の秘境から

石牟礼道子

朝日文庫

本書は、二〇一八年四月、小社より刊行されたものです。

目次

写真提供　朝日新聞社

魂の秘境から

少年

町の裏手は、れんげの花が広がる野原だった。

畦道《あぜみち》伝いに歩いて行くと、さらさらと音がして小さな流れに出た。ところどころ土の橋がかかっていたが、畳一畳くらいはあったろうか。橋の上に立てば小川の底がよく見えた。

柳の枝にそっくりな形の、長いきれいな濃緑色の川藻が、分厚く生えていて、勢いよく流れる水とともにゆらいでいた。

小川のやや上流には、城崎国仁《くにひと》くんの家があった。母はこの家のことを、声をひそめて「お屋敷」と言っていた。

「お屋敷の坊ちゃまのまた来とらすよ」

その指さす方向はきまっていて、家のすぐ裏手のれんげ原の畦道だった。わたしは急いで紅緒の草履をつっかけて、裏口に出る。

小学三年生になろうとしていて、わたしは転校がきまったのを彼にだけ打ちあけようと思っていた。半年ぐらい前からきまっていたのだが、「家移《やうつ》り先」があまりに辺鄙《へんぴ》で、みすぼらしい一室きりの「舟小屋」だったので、打ち明けかねていたが、最後の「ままんご」（ままごと）のお客人に国仁しゃんを招いたとき、仏さまの「お仏飯《ぶっぱん》」を盛る小さな金色の碗《わん》に、野菊をつみ重ねて、「花まんま」をさし出しながら、ひと口に言い切るつもりだった。

「どうぞ、召しあがりませ。ままんごは、今日でおしまい」

声がうまく出なかった。彼は一瞬、けげんそうな目つきでわたしを見た。仏さま用の小さなお碗がふるえて、野菊が二、三輪、荒むしろの破れ目にこぼれ落ちた。

ボウフラの湧く家の裏口の下水道に近い畦の上に立って、彼がわたしを待つようになったのは「ポンタ殺し」があった後からだったと今でも思う。

国仁しゃんは小学一、二年のあいだ同級だった。ふっくらとした顔つきの、やさしい無口な子で、最初から机が隣同士であったことから仲良くなった。

受け持ちの先生が、師範学校を卒業したての、それは熱心な理想主義者で、授業が終わっても、これはと思われる子らを六、七人残して、心ゆくまで教えられたが、わたしもこの子も残され組の一人だった。彼はとくに「書き方」、つまり今でいう書道がうまくて、小学一、二年生が書いたとは思えない筆使いの習字を、胸の前にかざした写真が一枚、わたしの許《もと》に残っている。

国仁しゃんは学校に行くときは、わたしの家の前の表通りを、黒いランドセルを背負って通る。近所のお内儀さんの誰かが、ランドセル姿を見つけて、後ろから指さして言う。「あの子はほら、ポンタ殺しの弟ぞ。兄貴は懲役人ぞ」。

わたしはそれを聞くたびに心が痛んでならなかった。

わたしの家の先隣の「末広」という妓楼《ぎろう》で、ポンタというまだ幼顔の残る、器量よしの女郎が、おなじ年頃の少年に胸をひと突きにされて死んだ。生き残った少年のことを、町の人たちは心中の片割れとも呼んだ。国仁しゃんはその少年の弟だった。

父と母はそんな近所のお内儀さんたちをあきらかに嫌っていた。「ボウフラのごたる人間どもじゃ」と父が言えば、母は「ああいう風に言われて可哀想に……。よか家のお坊ちゃまが」と声をつまらせた。

ボウフラが湧くのは、家のまわりに掘られた下水溝に、先隣の妓楼から流される汚水のせいだと常々、父は顔をしかめていた。

小川の岸辺を右に曲がると、「よかお家」の勝手口が見えた。黒板塀に囲まれたお屋敷で、わたしは塀の中にはいったことはなかった。観音様の宵祭に、少年の母親らしい後ろ姿を見たことがあった。襷《たすき》がけで玄関におられた。祭のとき、一年に一度しか買ってもらえないラムネを、ガラガラいわせて仰向けに飲んでいたら、不意に現れた母上の姿におどろいて、むせこんだのが非常にはずかしかった。

「ままんご」の客に「坊ちゃま」を招いたのは、この少年の孤独な後ろ姿が気になって仕方がなかったからである。「ポンタ殺し」のあと、はじめて彼の姿を見たのは小川の土橋の上からだった。

春も終わりの頃だったろうか。小川の岸には、菖蒲《しょうぶ》の葉が伸びているだけではなく、クローバーの花や、金米糖に似た可憐《かれん》な野の花が咲き乱れていた。ひとりの少年が後ろ向きに、折れかがんで花だか葉っぱだかを摘んでいるのが見えた。ベージュ色のセーターを着ていた。わたしは飼っている兎《うさぎ》にたべさせる草を探して、いつもこの川岸へ来るのだった。あの人も兎の草を摘んでいるのかしらと思ったとき、彼がふっと立ち上がって振り向いた。

案の定胸に、私の摘んだのとおなじ兎の草を抱えていた。その草は兎の耳に似て細長く、柔らかだった。彼の兎は白兎なのか、それとも茶色の兎なのか、何匹飼っているのだろうか。彼が飼っている兎を見てみたかった。同級生なので制服姿は見知っていたが、セーターを着た姿に逢《あ》ったのは初めてだった。登校時に表通りを通るときは、地面を見つめて固い表情なのに、立ち上がった彼の表情はとても親しげだった。

「やあ、道子しゃん。ぬしも兎ば養うとっとか」

彼はやさしい心根の持ち主で、放浪癖があってときどき行方不明になる私の盲目の祖母の手を曳《ひ》いて、裏口から連れて来てくれたこともあった。母はその後ろ姿を拝んだ。

転校する直前のある日、いつものように裏口から訪ねて来た彼が、後ろ手にかくしていたものを黙って差し出した。淡い上品な色合いの絵本だった。絵本など、親から買ってもらったことはなかった。「これ、あげる」。そうやっと口にした少年とわたしは、向き合ったまま、あとは黙り続けていた。その絵本の表題は「親指姫」だった。

引っ越した先は海辺の村で、わが家はまもなく高潮に見舞われ、その絵本は、仏壇やら学用品らとともに、海へ流されてしまった。そののち国仁しゃんと逢うこともなかった。

（二〇一五年一月六日掲載）

会社運動会

大廻《うまわ》りの塘《とも》という河口の海岸は、塩浜と呼ばれる葭《よし》や葦《あし》や茅草《かやくさ》が茂った原っぱで、その一隅にわたしの家の畑があった。

そこはしばしば高潮に浸《つ》かり、土に潮気《しおけ》が多く穀物は育ちにくいので、豚の餌にする唐芋《からいも》を作っていた。

塘の斜面の石垣はわたしの幼いころからの遊び場で、ふだんはめったに人影もなく、ガゴたちの棲《す》み家《か》と思われていた。ガゴとはこのあたりに棲む化物たちの総称で、なかでも天草から来たというおせん女狐《じょきつね》が親分だと言われていた。

夜中に酔っ払ってこの海岸を通る男たちは、美しい女に化けたおせん女にたぶらかされるのだそうだ。そういうところへ、よくも独りでかよったものだ。幼な心に、狐になりたい一心だったのである。

塩浜では、年に一回、チッソ会社の運動会が行われた。その日は八幡さまのお祭りの賑《にぎ》わいを上回る人出《ひとで》で、町中が華やいだ。運動会はわたしの幼いころに始まったと思うのだが、たちまち水俣の最も華やかな年中行事となっていった。

その日が近づくと、町中のあちこちから、鐘や銅鑼《どら》を打つ音が聞こえる。音の聞こえる方へ誘われてゆくと、青年クラブの若者たちが集まって、仮装行列の踊りの稽古をしているのだった。赤ん坊をおんぶしたおかみさんやお爺《じい》たちも見物に集まって、銅鑼や鐘に合わせて足踏みをしていた。

競技に参加するのは、会社の従業員である。町の人々は弁当を持って見物に出かけるのだが、目の前で走ったり跳んだりしている従業員のなかから、自分の村落の人たちを見分けて応援することになる。十人弁当と呼ばれる漆器のお重《じゅう》に御馳走《ごちそう》を詰めこんで、互いにおよばれをしあいながら応援する。

仮装行列に参加できるのは男だけで、それぞれの町内から行列が出発する。男たちは女装して鼻筋にお白粉を塗り、頬紅《ほおべに》や口紅をさし、頭には鉢巻き、浴衣に花襷を結んで、大きく背中に垂らし、行列を組んで、何の唄だか憶《おぼ》えていないが、大声で唄いながら、足取りよくゆっくりと、シナを作りながら栄町の表通りを踊り進んだ。花襷と鉢巻きは町内ごとに色が違う。そんな姿で山奥の村からもやって来たのだそうだ。

仮装行列が塩浜に着くのは昼食時で、男たちは、見物に来ている家族たち、顔見知りが持参した弁当を御馳走にあずかる。もちろん焼酎はつきものである。運動会の終わり際には、どの組の行列がよかったか、賞品も出ていたように記憶する。

運動会が行われている間じゅう、町は人気《ひとけ》がとだえてがらんどうになっていたそうだ。それでも空巣ねらいが入ったなどという話は耳にしたことはなかった。運動会が終わって、めんめんに帰り途《みち》につくと、栄町の通りは酔っ払った声で溢《あふ》れた。山里の村の名前だろうか、「あの小田代《おたしろ》の踊りはよかったなあ」などと評判する声が聞こえる。

チッソ会社の上級社員はよそからやって来た人たちで、陣内という町にある社宅に住んでいた。日ごろは元からの住民とは往《ゆ》き来もなかったが、その日ばかりは会場で互いに話もやりとりされ、そのアクセントの違う声の行き交《か》いに、幼いわたしは聞き耳を立てていたものだ。「いつもは話もせんばってん、話してみれば普通の人間と変わらんなあ」などと語りあう小母《おば》さんたちの声が記憶に残っている。

もともとの地元の人びとの間には、チッソという会社を、新しい「文明」として仰ぎ見るような気分があった。むろんそれはおのれたちとは異なる、親しみにくいものでもあった。会社運動会は、「都市文明」の貌《かお》をしてやって来たが、芸達者たちがいた村落共同体に受け入れられて、それなりの表現をしていたものと思われ、後年のわたしたちにも親しみを覚えさせる働きをしたのかもしれない。それはまた会社のねらいでもあったろう。

だが、仮装行列を繰り出して、新参者の会社に親しみを表した住民に対して、チッソ会社は後年水俣病患者の発生に際して、どういう貌を見せたことか。

チッソ工場はどべどべの廃棄物を水俣川河口に流し始め、やがて塩浜は廃棄物に埋もれ八幡プールと呼ばれるようになった。工場排水で埋め立てられた八幡プールの最初の表情は『苦海浄土』初版の表紙に使わせていただいた。桑原史成氏の撮影である。

チッソの裏山を地元の人はしゅりがみ山と呼んでいた。後年そこにいた狐が山をハッパで崩されて住み場所を失い、一族そろって天草へ帰るのに、地元の漁師に頼みごとをしに来たという話が残っている。「いまは渡し賃もありませんが、天草に帰ってから働いてお返ししますので、なんとか船にのせて連れて帰っては下さいませんでしょうか」と頼まれた漁師もいた。もちろん渡してやったが、なかには、木の葉ではない本物のお金を持ってきた狐もいたそうだ。

水俣の対岸御所浦は白亜紀の恐竜の化石が出ることで知られている。会社運動会がなくなった頃、わたしの家は河口の村に移転した。そこは大廻りの塘と向きあう海岸だった。わたしが毎日貝採りに励んだのは、晩になるとやってくる村の年寄りたちを喜ばせるためでもあった。白亜紀に出土する化石にそっくりの貝が生きたまたくさんとれていたのである。わたしが貝をとっている海辺からみると、対岸の大廻りの塘は、子供の目にも異常なほどの排出物が海岸線から沖にむかって拡大していた。海岸の水鳥たちが死んでいくのも、砂の中にいる貝たちが殻を開けて死んでいくのも、わけも知らずに眺めていたが、後年「苦海浄土」を書くもとになった。現代史の遺跡としての水俣はまだ息をしている。

（二〇一五年二月十七日掲載）

湯船温泉

九州は不知火海の上天草島に下浦《しもうら》という村があった。そこは、石工《いしく》を育てる家々があって名の知れた村だったそうだ。

父の代で終わったが、わが家も代々石工を育てる家であった。石工といっても今の人にはわかるまいが、石を刻む職業のことをそう称《よ》んでいた。

石を相手の仕事といえば、川塘《かわども》（土手）の石垣、道路や橋の土台、墓石、記念碑、地蔵さま、石の仏さま、神社の狛犬《こまいぬ》や鳥居をつくるなど、いろいろある。

私の祖父吉田松太郎は下浦村の出身で、職人さんたちから石の目利きの神様といわれていて、方々の山を歩いて石垣用とか鳥居用とかの石を見つける名人だったという。たとえば記念碑を作るには黒曜石という石があって、磨き上げると黒い美しい地模様のある光が遠くからでもわかる。刀剣や包丁、鋏《はさみ》や剃刀《かみそり》などを研ぐには軟らかい砥石《といし》が必要だが、そういう石は海のそばのどこどこ山にあるなどと、焼酎を飲みながら話していた。

石を割ったり刻んだりするのは過酷な労働なので、晩酌にはかならず焼酎を出した。晩酌のことをこの地方では「だれやみ」という。「だれやみ」の話題はたいてい石の話になった。私はまだ小学校にも行かなかったが、そういう話にたいそう心惹《ひ》かれていた。

あるとき父が「世界のどこかには赤《あ》っか石のあるそうじゃ。それには人の目鼻を刻んであるちゅうぞ。星さまのしずくを、絵文字にしてあるそうじゃ。わしどんもただのいっぺんなりと、そういう石と対面したいもんじゃ」と話していた。不可解な不思議な話として、今でもわたしの耳に残っている。

水俣の浜八幡様の鳥居について、母が後年語ったことがあった。八幡様の鳥居の石を見つけたのはわたしの祖父で、鹿児島県の長島という島の山の奥で見つけたそうだ。そこから切り出して、水俣川河口の八幡様まで船に積んでこなければならなかった。これはなかなか大仕事であった。

鳥居というものは二本の柱と天井にあたる笠《かさ》と貫《ぬき》からできている。山の上でみつけた大岩から石を切り出して、柱や笠の形に作り上げ、大きな丸太を組み合わせた橇《そり》に載せ、牛に牽《ひ》かせて、山の上から海岸まで降ろさねばならない。しかし途中には民家もあるだろう。石の柱が折れたり、石の重みでどういう事故がおこるかもわからない。上から下までずどんと落とすわけにはいかない。山の斜面を階段状に、いくつもの段に分けて、そろそろと降ろしていくのである。

山の上で石を刻み出すあいだには、石を積む船をつくらねばならない。腕利きの船大工さんに頼んでも、鳥居を一度に全部積める船はとてもつくれない。

石の柱を一本ずつ二艘《そう》に積み、笠と貫を一艘に積み、三艘の船で沈まないようにやっとのことで漕《こ》いできた。シュロの皮で作った頑丈な綱を石の柱にまきつけて引き上げ、神社の前に建てる。いったん建てたからには絶対倒れないようにしなければならない。命がけの大事業だったそうだ。「船の修繕もおおごとだったばい。石積み船は船底にすぐに大穴があく。石積み船は修繕がおおごと」。話し終えた母の額からは玉のような汗が流れ落ちていた。鳥居が倒れたという話はまだ聞かない。

祖父は鳥居だけでなく、仲間たちと三人で石の狛犬二頭を寄進している。この狛犬を刻んだ石工さんは、わたしが小学三年生まで住んだ栄町の家に半年くらい来ておられた吉田一二三という名前の人だった。下浦村の出身で、十代の頃わたしの家で修行した人だという。そして狛犬刻みの名人といわれていた。狛犬は口に玉を含んでいるので、牙の奥に丸い玉を一個入れねばならない。牙を刻んだあと、牙の間から鑿《のみ》を入れて玉を刻み出すのである。そのときは朝早く起きて、水垢離《みずごり》を取ってから石に向かっていたそうである。

この石積み船は後に湯の児《こ》の温泉場の始まりになった。祖父は穴のあいた石積み船でも捨てるのはもったいないと、穴をふさいで、海辺に湧いていた温泉をたぐり入れて、船いっぱいにして風呂桶にした。祖父の作った湯船の写真が「新・水俣市史」に載っている。男女混浴で、いかにも気持ちよさそうに入っている人々の表情を見ると、写真に写ることなど生まれて初めてなのか、びっくりした顔で入っておられる。湯船は二艘で傍らの岩や木の枝に着物がひっかけてある。

事業道楽といわれていた祖父は、小さな漁村だったここ湯の児に温泉場を開くことを思い立ち、開拓事業をはじめた。職人さんや人夫さんが大勢やってきて働いていた。朝起きると台所中に湯気がもうもうと立ち込め、手伝いに来た隣近所のおかみさんたちが、タスキがけに腕をむき出しにして、竹の輪っぱにご飯をぎゅうぎゅうに詰め込む。五合弁当といって、職人や人夫さんたちに渡しながら「よう気張って来え《け》よ」と、はっぱをかけていた。朝の活気に満ちた光景が今でも思い浮かぶ。

人夫さんたちは帰りに湯船に入って帰った。それが楽しみで人夫を志願する人もあったという。湯船の話はたちまち近隣に聞こえて、村々から「湯船温泉」に入りに来られたそうだ。やがて目ざとい業者が次々とやって来て、本格的な温泉宿ができていった。

祖父は事業欲はあったが、万人が認める金儲け下手であったそうで、トロッコ、レール、チェーン（鉄鎖）の代金、人夫賃も払えないような有様になってしまい、湯の児の地開きは途中でやめざるをえず、他の業者に譲らねばならなくなってしまった。

母はそのときのことを「やめてよかった。一日五十人ばかりを賄わにゃならんのはおおごとじゃった。やめてほんにほっとした」といって、ため息をついてから「ははは」と笑った。

（二〇一五年三月十七日掲載）

避病院

小学三年生のとき、わが家は栄町を引き払って、水俣川右岸の川口に移った。そこはもう海といってよく、磯には、小さな図鑑にはのっていないような巻き貝たちが、様々な集落を作っていて、それらを眺めていると、原初の渚にはいりこんだような気がした。

わが家と五〇メートルばかり間をおいた隣には「避病院」があった。伝染病患者が出たときに収容される粗末な木造長屋で、ふだんは入院者はおらず、番人の老夫婦が住みこんでいたが、のちに母は挨拶《あいさつ》ぐらいは交わすようになっていた。

水俣病が発生し、原因がわからずに奇病と呼ばれていたころの患者らがここに収容されていた。水俣病の原因究明に貢献された熊本大学医学部の故徳臣晴比古教授は、昭和三十一年八月、初めて避病院を訪ねた時のことを著書『水俣病日記』でこう記しておられる。

「病院とは名のみの平屋建ての古い瓦葺《かわらぶ》きの長屋で、一・五メートルスパンくらいに仕切られて、入り口には扉はなく開放されていた。奥の壁側に作り付けの板のベッドには薄いアンペラが一枚敷いてあり、その上に患者は横になっていた。足もとは地面のままで、雑草が所々に顔を出していた」

わたしの家は荒神という名の集落にあって、他には二軒しかなく、集落の人たちは誰も避病院には近寄らなかった。わたしの家に遊びに来る友人たちは、避病院の脇を通るのに、鼻をつまんで息をしないで、駆け抜けて来るということだった。

避病院は一度はいったら死んでからしか出られない怖ろしいところだった。ご丁寧にも、わたしの家から一〇〇メートルばかり先の海辺には火葬場まであった。

わが家はその後四、五年して、荒神からもう少し丘陵の裾に寄った、日当猿《ひあてさる》郷《ごう》という、五、六軒の集落に移った。父が何年もかけて手造りで家を建てたのである。

ある日大きな猿が、丘陵の片隅に立って、じっとあたりを見回しているのに出会った。目が合った。片腕に小さな赤んぼ猿を抱いていた。

家に帰って母に話すと、「そりゃあ、猿郷の山の主《ぬし》に違いなか。わたしはまだ逢わんばってん、道子は山の神さんに逢うたわけじゃねえ」と考え深そうにうなずいた。

日当は昔の地図には日向《ひなた》とある。猿が赤んぼを抱いて遊びに来るようなところだから、そう呼んだのだろうか。後年、母猿が、死んだ赤んぼ猿を抱き締めて放そうとしない話を本で読んだ。そういえば、わたしと目の合ったあの母猿が赤んぼを抱いた姿にも、情愛が溢れていた。あの猿は赤んぼを抱いて、避病院へ泊まりに行ったりするのではないかしらとわたしは思った。

奇病と呼ばれていた初期の水俣病患者が避病院に入れられていたことなど思いもよらなかった。まわりの海辺には月見草の花やつわ蕗《ぶき》の花が咲き、細い芒《すすき》の道を月光が照らし出していたし、ロマンチックな気分でさえあったのだ。わたしはすでに結婚して子も出来、猿郷の家から離れていたが、猿郷の人たちも知らなかったのではなかろうか。避病院に水俣病患者が隔離されていたときのことは、いまだに様子がよくわからない。だが、徳臣先生が前に引いた回想記でこう述べておられる。

「若い婦人であろう、黒髪を振り乱して、頬がこけ、皮膚は灰色をしている。虚空を見つめ、言葉にならない唸《うめ》き声を上げて手足をバタつかせ、のたうち回っている。木製のベッドの端々に体を打ちつけて、皮膚は破れ、血が滲《にじ》んでいる。

時々、激しいひきつけが全身を硬直させて潮の如《ごと》く去ってゆく。

午後の西日が部屋いっぱいに差し込んで室温は四〇度にもなっているのだろう。

〝これが奇病か〟〝これはただごとではない〟。生唾《つば》を飲み込んで目を見張り、慄然《りつぜん》と私は立ちすくんだ」

ちょうどそのころ、わたしが猿郷の実家を訪ねると、避病院から出る葬列によく出会った。

栄町にいたころ見たお葬式はそれは丁寧なもので、ご飯を山盛りし、箸を一本立てた漆のお椀を抱いて、少年が先頭に立ち、青柴を挿した花立て、赤・青・緑・白・黒の五色ののぼり幡が続き、あとにはお位牌《いはい》を抱いた近親者、そして四人の男が担いだ棺、最後に親族、近所の人々など、喪服をつけた行列が静々と泣きながら通るのである。

路上の人たちはそれに出会うと、合掌しながら道をあける。まだ自動車はめったに見かけない時代で、馬車が通りかかると、必ず脇にとまって道をゆずる。路上の人も馬車の中の人も、みんなで見送ったものである。

ところが、避病院から出る葬列はじつに寂しいもので、黒い吹き流しを一本立てて、葬列といっても人数は四、五人しかいなかった。慟哭《どうこく》し身をよじりながら、海辺の細い芒の道を通って足元もおぼつかなく火葬場へ向かってゆく。

それが葬列であるのは、立てられた一本の黒い吹き流しでわかった。畑に出ている村人たちは鍬を置いて合掌し、「どこのお人じゃろか。寂しか葬式じゃ。気の毒になあ」とか、「お仏飯《ぶっぱん》もあげられずに、黒か幡一本で、寂しかよう」とか言いつつ、見送るのであった。

いま思えば、徳臣先生が描いておられる患者は坂本きよ子さんではなかったか。病床から庭へはいずり降りて、落ちた桜の花びらを拾おうとしたこの乙女については、わたしは『苦海浄土・第二部』で詳しく書いている。たびたび見かけた避病院からの葬列のひとつは、きよ子さんのものであったかも知れない。

後年、わたしが水俣病患者の闘いに関わったとき、黒字に「怨」の字を白く染め抜いたのぼり幡を思いついたのも、避病院からの葬列を飾ったたった一本の黒幡の記憶が鮮明に残っていたからだろう。この旗は「怨旗《おんき》」とか「黒旗《くろはた》」と称ばれて、裁判やチッソ株主総会の場に翻るようになった。

（二〇一五年四月二十一日掲載）

石の物語

この連載の第三回で、わたしの父が「世界のどこかには赤っか石のあるそうじゃ。それには人の目鼻を刻んであるちゅうぞ。星さまのしずくを、絵文字にしてあるそうじゃ。わしどんもただのいっぺんなりと、そういう石と対面したいもんじゃ」と語っていたのを、不思議な、いまでも耳に残っている話として紹介した。いま思えば、父が石のことを〝星のしずく〟と呼んでいたのが、わたしに不思議な印象を残したのだと思う。

最近になってわたしは父が何を話したかったのか、少し近づけるような気がする本に出会った。持田信夫氏の『失われた文明　メキシコ・マヤ写真集』と題された古本で、一九六八年講談社から刊行されている。持田氏という方は持田製薬という会社の社長さんであると書いてあるが、わたしは存じあげない。いろいろ話を伺ってみたいと思ったが、亡くなられて久しいと聞いた。もっと早くこの御本を知っていたら、と大変残念な気持ちがしている。

マヤの遺跡には大きなピラミッドがいくつも残っている。ピラミッドは土台から階段状に石が積み重ねられ、天に向かってそびえ立ち、一番上が神殿となっている。

日本人が作った石垣も、それぞれ見事なものがたくさんあるが、持田氏の写真集にあるピラミッドの迫力には及ばない。石のひとつひとつには見事な彫刻がほどこされ、明らかに人や獣や幻想上の生き物などの顔である。何を使って彫ったのだろうか。鼻梁《びりよう》に特徴があって、いわゆる鷲鼻《わしばな》で、がっしりしている。口は大きくかっと開き、頑丈そうな歯が整然と並んでいる。顔は非常に個性的で、不思議な物語に満ちているように思われる。さらに、人や獣などの顔に見えるこれらの石のひとつひとつは、マヤの絵文字を表しているのだという。文字は四百あり、そのうち解読された文字石は百五十個にすぎず、まだすべては読み解かれていないと述べてある。

石の顔はど迫力である。通常の美感では測れない迫力に満ちている。このような大量の、しかも迫力に満ちた石の顔を何人かの石工だけで刻んだとはとても思われない。当時のマヤの人たちはみな生命感と生活感にあふれており、そのような素人の、石工ではない人たちも大勢参加して、よってたかって作り上げたに違いないと思わせる。

このような石の顔を彫り、積み上げていった人たちは、どうやってあのような大ピラミッドを築き、どんな生活をしていたのか、考えさせられる。たとえば、彫刻がしてあるか否かは別にして、石段のひとつの石を取り出して考えてみても、地上から天へ向かってどうやって運び上げたのだろうか、人の力だけでどうやって積み上げたものだろう。

マヤ文明は馬と鉄器を持たなかった。そのためわずかな数のスペイン人に滅ぼされたのだという。しかし、鉄器もなしに、よくもこんな彫刻ができたものだ。

わたしは小さいとき、父が石山から大きな原石を切り出し、山の下まで降ろす作業を見ていた。切り出した原石は玄翁《げんのう》と鑿《のみ》を用いて、石垣用に三〇〜四〇センチ四方の菱《ひし》形に割って、木の橇を作り、石を鉄鎖で縛って、一個一個橇に載せて、牛を何頭も使って、山の上から麓《ふもと》の道まで、そろそろとたいそう苦心して降ろすのである。そのような作業の一部始終を、子供の目にも、石を移動させるのがいかに大変な仕事か、石というものはこんなにも重いものかと、恐れにも似た気持ちをもって見ていたことを思い出す。

わが家の石切場には、大きな黒曜石が横たえてあった。それを近所のおばさんたちが、たすきがけで、木の台に腰かけて、えっしえっしと声をかけながら両手で磨きこんでいた。左右の手に、濡れた布の袋を持っていて、袋の中には粉か、石か、何が入っていたのか、石の肌のような色をした水がしたたってい た。時々水をかけて洗うのだが、ただの墓石とは違う大きな黒い石の碑が、他の石材の中でひときわ美しく光っていた。

わが家に来たお客たちは必ずその石に目をとめて、「これは何でございますか、ただの墓石じゃございませんな」というのであった。

「何でござんしょうな、国人《くにひと》しゃまが生きておらいませば、読めるとじゃろばってん。わたしどもは字が読めまっせんもん。なんさま、むかしむかし、唐《から》の国の詩人ちゅう人が作んなはった文《ふみ》が書いてあるちゅうはなしでござす」

「国人しゃま」とは、母の兄で、わたしの伯父のことだ。わが家の跡取り息子であった。「国人しゃまさえ生きておらいませば」というのが、困ったことが起きたときのわが家の合言葉だった。

この本の冒頭で、岡本太郎氏は、優れた文明は滅ぼされる、滅びてこそ輝くものだ、とおっしゃっている。製薬会社の社長さんが、その滅びた文明の遺跡を一目見て、並々ならぬ決心をなさって、現地に行かれ写してこられたという。わたしたちは居ながらにして、このような偉大な文明に触れることができる。何という幸せだろう。殊《こと》にもわたしは、この本の刊行された翌年に『苦海浄土』が上梓《じょうし》され、水俣病問題に溺れ込んでいたので、同じ頃に出された持田氏の御本に四十数年後にめぐり会い、感銘ひとしおなのだが、いまはそのことよりも、持田氏のこの御本を、早死にした国人しゃまにも見せたかった、としきりに思われて仕方がない。

わが家では国人しゃまは〝書物神さま〟と言われていた。国人しゃまが生きておられれば、わが家のその後もまったく違った姿になったのではないかと思う。おそらく石屋はやめて、学者の家になっていたのではないか、そう思えてならない。

（二〇一五年五月二十六日掲載）

アコウの蟹《かに》の子

親指の爪ほどの蟹の子を連れて、中年の夫婦が見舞いに来てくれた。わたくしは十数年来、パーキンソン病を患っていて、近頃、日に一、二回は息が詰まる発作に襲われる。二人が来てくれたときは、幸いに発作が起こっていなかった。

夫婦は青いポリバケツを重そうに抱えていた。

以前この夫婦から、アコウの木の写真をいただいたことがある。二人は水俣の明神という海辺に住んでいて、わたくしがアコウの木にただならぬ親愛を抱いていることを知っているとみえて、画用紙大に引き伸ばして額に入れたアコウの写真を、くださったことがある。毎日眺めて、なんと慰められていることだろう。

いかにも嬉しそうに差し出されたポリバケツの中をのぞくと、三分の一ほど水がはいり、その中に石がひとつ転がっていた。人間の頭ほどはありそうで、海辺の石であることは、苔《こけ》のつき具合でわかった。

二人はもどかしそうにポリバケツの中を指さしながら、かわるがわる声をかけた。

「ほら、やっと着いたぞ。出て来て道子さんに挨拶せんか」

夫の方がそう言って、石の脇腹をくすぐるようにすると、石の下から小さな蟹の子が、ちょろちょろと出て来た。ちっちゃな鋏《はさみ》もちゃんとついていて、大人が三人で覗きこんでいるのに脅《おび》えて、二本の鋏を振り立てながら逃げ廻る様子が、いかにもいじらしく愛らしかった。

蟹の子はよっぽどおどろいたらしく、奥さんの腕を伝ってたちまち肩に上ったところを、わたくしがつかまえた。蟹の子はわたくしの掌の中でもぞもぞ動いていたが、両手の親指の合わせ目からバケツの中に落っこちてしまった。わたくしはその潮水に手を突っこんで、掌の中で蟹の子を遊ばせるのに夢中になった。なんとかつかまえたかった。

付き添ってくれているヘルパーさんが、「笑ってはしゃいでいる道子さんを、久しぶりに見ました。蟹より道子さんのよろこびようのほうがおもしろい」とすっとんきょうな声でいわれた。

「このあいだ持って来たアコウの木の写真があるでしょう。あの木の根元に棲んどっとですもんね。つかまえるのに大事《おおごと》しました。水道の水じゃ死ぬかも知れんと思うて、アコウの木の下の潮水ば汲《く》んで入れて来ました。いろいろ棲んどるですもんね」

バケツの中を逃げ廻っている蟹の子を眺めながら、ご主人の方がそう言った。

わたくしはただちに、夫婦の住む明神の岬の岩場を思い出した。アコウの木の根元の岩場には、蟹が棲むばかりではなく、アワビや嫁が笠などの一枚貝や、岩にくっついて容易に離れないムラサキ貝や鬼の爪、岩から岩へと自由に移動する尻高や岩貝などの巻貝の集落があるにちがいない。ウニも無数のとげを静かに動かして移動しているだろう。

バケツの中の蟹の子は、そういう生活環境から不意につかみ出されて、どういう気持ちでここまで運ばれて来たのだろうか。いまはわたしのはしゃぎように、引きこまれてしまったらしい。海辺とはまったく違う環境に突然連れて来られ、人肌というものに包まれて、どんなに逆上していたことだろう。可哀そうに。

写真のアコウの木は相当な老木で、年月を経た一軒の家ほどの存在感がある。枝の先から波の上に気根を垂らして、潮を吸いながら生きている樹である。まわりには、おなじ潮水を吸っている葦や葭がぎっしり生えている。そこに棲む蟹の子を、潮水と海の石ながら、わざわざ持って来て見せてくださるとは、何となつかしい心遣いだろう。

奥さんのご家族は水俣病患者である。旦那さんの方は患者たちの支援者として水俣に住みつかれた。奥さんの父上はチッソの工員だった。父上が発病なさったころの話になると、必ず涙ぐまれる。父上は発病後五〇年を超えて、やっと患者として申請することに踏み切られたが、間もなく亡くなられた。

不知火海の海岸にはアコウの木が多いが、いまや老木となって枯れつつあるそうだ。不知火海という内海自体がアコウを育てられぬほど病んでいるのかもしれない。

幼いころわたくしは海辺や小川で、蟹たちと遊んだことがあった。オハジキにしてもいいくらいの、小さな蟹たちであった。歳とって病人になって、久しく海から離れていたのに、思いがけなく目の前に出現した海の香りに包まれ、掌の中で蟹と追っかけごっこをして、息を弾ませている自分を自覚したとき、蟹の子の恐怖もまた思わぬわけにはいかなかった。

わたくしのいまだに抱え続けているテーマに、生命の孤独というものがある。赤児というものは、どうやっても泣きやまぬことがある。泣きやまぬ赤児の孤独と、泣きやめさせられぬ母親とが、わたくしの潜在的なテーマといってよい。人間だけではなく、動物たちにもそういう悲哀があるのではなかろうか。わたくしはかつて『詩経』と題する、お経まがいの詩を作ったことがある。この世の果ての海を、蓮《はす》の葉に乗って漂うひとりの赤児の気持ちをうたったつもりだ。中にはこういう詩句がある。

無明闇中　むーみょうあんちゅう
遠離一輪　おんりーいちりん
流々草花　るーるーそーげ

夫婦は家に帰ってから、あの小さな蟹の子をどうしただろう。もと棲んでいた海辺へ戻してやったろうか。あわてて潮の中に逃げ戻ってゆく小さな蟹の子の姿が、いつまでもわたくしの目裏《まなうら》に残った。

（二〇一五年六月三十日掲載）

水におぼれた記憶

いまの水俣川は、わたしが小学校低学年のころ、それまで古賀川と呼ばれていた川の流れを、付け替えて出来たものである。

古賀川はわたしの家のあった栄町の裏を、田んぼをへだてて流れていて、その川岸には赤い煉瓦《れんが》造りのチッソ旧工場が建っていた。この建物はいまも存在する。近くには観音様を祀《まつ》ったお堂があって、ずいぶん離れたところにあるわが家の畑へ母とでかけるときは、道筋の観音様を掌を合わせて拝んだものである。

お堂には観音様の絵像がかけてあり、大変きれいなお姿なので、わたしは女の人とばかり思って、父に尋ねたことがある。父は自信なさそうに、「いや、おなごの仏さんじゃなかろう」と言った。夏には観音様の宵祭りというのがあって、大変賑わった。ガス燈がともり、夜店が出ていて、アイスケーキやラムネを買ってもらえるのが楽しみだった。

観音様の下の川淵は、子どもたちの水遊び場だった。観音様は子どもの守り神というので、そこでは安心して遊べる気がした。小学校にあがる二年くらい前から、わたしもそこで、薄い水色の、裾にひらひらのついたアッパッパを着たまんま、水遊びをするようになった。まわりでは年上の子たちがすいすい泳ぎ廻っている。羨ましいけれど、わたしはまだ泳げなかった。

岸には舟をつないで釣りをしている人もいる。岸辺は石畳になっていて、石の間には小さな蟹やうなぎなどが棲んでいる。わたしははだしになって、石畳の上で遊んでいた。石畳は海苔《のり》が生えてぬるぬるしていた。目の前に、赤い蟹が穴から出て来ようとしている。目をくっつけて鋏の様子など見まもっていると、蟹は両鋏を振り上げて、しわしわとしわぶきするのが聞えた。わたしはたちまちままごと気分になった。

「こら、お前は、どこから来らいましたかえ」

と言いながら、指を穴にさしこむと、いきなり挟まれた。あまりの痛さに足を滑らせて、水の中に落ちた。

そのときの驚愕をいまでもまざまざと思い出す。「観音様ぁ」と叫んだ気がする。水の中では息ができないと初めて気づいた。もがきながら何遍浮き沈みしたろうか。目の前に一枚の分厚い板が揺れていた。

あとで思えば、釣り舟から岸に渡してあった板で、その上に男の足が跳び乗ってきた。大きな足の動きだけが見えた。男の人は水に跳びこんでわたしを抱えあげ、石畳の上に坐らせた。若い男の人だった。わたしはその腕の中で、やっと大きく息をついた。

「お前や、どこん子か」

兄ちゃんはぶるっと躰《からだ》をふるわせ、わたしの額にかかっている濡れた前髪をかきあげた。兄ちゃんの髪からも、水の雫がぽとぽと流れている。

「こうしたところで、ひとり遊びして。あぶなかったぞ。まちっとでお陀仏じゃったぞ」

そう言いながら、脱げかかったパンツを整えてくれている。背中に廻した腕がたいへん心強かった。見おろしている目が、石工見習いの三やんに似ていた。

わたしはひしとしがみついて、わんわん泣き出した。

「このまんま戻れば、おごらるっぞ。髪も服も乾かして戻らんば」

わたしは泣きやめように困っていた。いったん泣き出したら、泣きやめぬ悪癖があった。若者は舟から手拭いを持って来て、わたしの躰と髪を拭きあげて、家まで連れて帰ってくれた。

両親からさんざん叱られたけれど、わたしはこの兄ちゃんにまた会いたくて、その後、観音様の水辺やら、その上流の永代橋やらへ行くたびに、無意識のうちにその姿を探すようになった。永代橋のきわには妓楼が建ち並んでいて、夕方になると青年たちが、欄干の上に組んだ腕に顎をのせて、妓楼の方を指差しながら、何やら話しこんでいるのが不思議な眺めだった。

おなじ夏のことだったと思う。わたしは懲りもせず、今度は丸島という漁港の磯辺で例によってひとり遊びをしていた。わたしにはそのころから、どこまでも、親が知ったらおそれ驚くようなところまで、ひとりで出歩く癖があった。この世の果てというものがあるものならば、行って見たいというような気持だったのだろうか。

丸島港には、幅一メートルくらいの木の桟橋が、沖の方に突き出ていた。泳ぎ慣れた年上の男の子たちが、すたすたと桟橋を歩いて行って、突端で海へ跳びこむのが恰好よかった。わたしも真似してみたいと思って、前後の考えもなく、例のアッパッパを着たまま、両手を伸ばして跳びこんだ。

跳びこんでみると、背の立たぬ深さだった。しまったと思ったが、もう遅い。今度こそ死ぬと思った。

だが、近くで泳いでいた小学校の上級生くらいの男の子たちが、四、五人寄って救《たす》け出してくれた。

「危なか子じゃね。ひとりで来たっか」

など、口々に言われたが、こちらはしたたか潮水を呑んで、ゲエゲエ吐くばかりだった。それにしても、足が海底につかぬというのは怖ろしいものである。

「うちに帰るごたる」と言って、わたしが泣きながら歩き出すと、三人ばかり男の子がついて来た。「この子は連れて帰らんば、危なかぞ」

一番背の高い男の子に背負われて、頭をだらんと背中にくっつけて、ひっくひっくしながら家に連れて帰られた。

最初に救けてくれたあの青年には、その後一度も会うことがなかった。この人にも、また二度目に救けてくれた男の子たちにも、とうとうお礼を言う折もなかった。それにしてもわたしは幼いころから途方もないことをしでかす人間だったのだ。

（二〇一五年八月四日掲載）

紅《べん》太郎人形

紅太郎人形というのがあった。女の子なら一度は憧れる人形で、まだ小学校にあがる前に、水俣の町の一番賑わう「四つ角」の山形屋という店で、母に買ってもらった。

山形屋には、青い目をしたキューピーさんを始めとして、小ぶりの人形も沢《たく》山《さん》置いてあって、日本髪を結った人形など、それまでにいくつか買ってもらっていたが、紅太郎人形は格が上で、値段も高いし、なかなか買ってもらえなかった。やっと買ってもらえて、子どもとして一人前になった気がした。

四〇センチもあったろうか。片腕に抱えるほどの大きさで、切り下げ髪の着物姿だった。切り下げ髪とは、肩ほどまでもあるオカッパのことである。前に買ってもらった人形の日本髪は黒い繻子《しゅす》でできていたのに、紅太郎人形の髪は本物の髪毛である。

背負ったり抱いたりして遊べるし、着物も脱いだり着せたりできる。手足や胴は人肌色をしていた。着せかえ用の着物や帯は、裁縫上手の叔母が二、三枚縫ってくれた。

これまで買ってもらった小さな人形は、空いた菓子箱に、自分で作った蒲団《ふとん》を敷いて寝かせていたが、紅太郎は大きいのでそれにははいらず、床の間に飾っておいた。

買ってもらったのとはほかに、自分でも人形を作った。布と綿で頭や胴体から作る。日本髪の形も黒繻子で整える。幼いころから髪結いさんの店へ遊びに行っていたので、髪の基本の形はわかっていた。

梅雨のころだった。例によってひとりで永代橋のそばまで、紅太郎人形を抱いて行った。古賀川が増水して、川塘《かわども》（土手）はふだんとはすっかり違う様相になっていた。橋の上には、いつもは寄り集まっている青年たちの姿も、釣り舟も見えない。

家を出るときは小雨だったのに、宮崎製材所の前を過ぎるころには、片手でさしている蛇の目傘に叩《たた》きつけるように雨が降り出した。製材所の鋸《のこぎり》の音が異様に大きく聞こえ、雨の音といっしょになって、氾濫《はんらん》した水面に響き渡った。

わたしは異様に興奮していた。紅太郎人形を落さぬようにしっかりと抱き、傘を持ち直して、水のあがった川塘の道を、そろそろとわが家のほうへ歩き始めた。道は川になっているので、田圃《たんぼ》道から行こうと思いついた。観音様の裏へ廻ると、おどろいたことに、田圃は海になっていた。

泥水に覆われてすっかり見えなくなった田圃の小径《こみち》を、足先で探りながら、妓楼の「末広」の裏まで行こうとしているうちに、つま先が宙に浮いたかと思うと、不意に深い水の中へ落ちた。小川が泥水にかくれていたのである。紅太郎人形を横抱きにしたまま、「ああ、流される」と思った。手放した傘は、目の先を流れている。

あっという間に、一〇メートルは流されたろうか。幸い、一段と高くてまだ水に浸っていない田圃の縁にひっかかり、何とかはい上った。紅太郎人形はもう腕の中にはいなかった。

流されている間に、水の中にいる全身の感覚は不思議なものだった。溺れるのはこれで三度目だったが、前に感じたのは恐怖だったのに、今度は水に対する親愛をおぼえて、すっかり身を委ねていた。足の裏に熟れかかった麦の穂がときどきさわるのも心地よかった。何というか、大地の胸に抱きとられる感じだった。

この流された経験によって、わたしは自然に水と親しみ、何となく泳げるようになったのだと思う。流される束《つか》の間、体は水に浮いていたのではなかったか。ちゃんと泳げるようになったのは、水俣川の川口に近い集落に転宅した小学校三年の時だったが、誰にも習わずに泳ぐようになったのは、紅太郎人形といっしょに流されたときに感じた水というものへの親愛が、ずっとわたしの体のなかに生きていたからではなかろうか。

何しろ家の前が川口だったので、夏が近づくと、学校帰りにカバンを草叢《くさむら》に置いて服を脱ぎ、ひと泳ぎする。男の子たちの真似をして、抜き手で泳ごうとしたが、なかなかむずかしい。おなかを上にして浮いて、ばちゃばちゃやるのが楽だった。「背泳ぎが上手じゃね」などと、男の子から声をかけられた。泳いでいると、溺れかけた幼い記憶が甦《よみがえ》ることがあった。三カ所とも、いま泳いでいる川の対岸である。

家へ帰ると、母から「また泳いで来たね」と叱られた。髪を拭きあげ、服もきちんと着こんでいるのに、わかるらしい。襟許がまだ濡れていたり、鼻の頭が赤くなっているからか。

紅太郎人形を流してしまったあと、わたしはそれっきり人形遊びをしなくなった。一番大切にしていた人形さんが、わたしの身替りになって、あの世へ逝ってしまった気がした。自分が人形さんになった気持ちで、叔母の鏡台から盗んだ口紅をつけて、よそ行き着物を着て、栄町通りをしなを作って歩くようになった。「妙な子じゃな」というおかみさんたちの視線を感じながら、抜き衣紋して歩くと、首筋から風が入り、何とも自然としなを作るようになる。しゃなりしゃなりと歩くのである。母にその様子を告げ知らせる人がいたのだろう。「どういう子じゃろうかねえ」と母は嘆息した。

妹の話では、紅太郎人形は今でもあって、市松人形ともいうそうだ。その名はわたしも聞いたことがある。

（二〇一五年九月二十九日掲載）

雲の上の蛙

栄町の裏手にはいりこむと、光景はがらりと変わって広い麦畑だった。四季によって、畑はさまざまに色を変えた。よく花摘みに出かけた。麦が熟れる前になると、先隣の鍛冶《かじ》屋さんの澄ちゃんと、蓮華《れんげ》のさやを採ってくる。蓮華のさやはいんげん豆によく似た形で、最初は緑色だが、だんだん黒く熟してくる。それを摘んで藁《わら》籠に入れて持って帰る。藁籠は麦藁の茎で作るのだが、澄ちゃんはこれが大変上手だった。

摘んできた蓮華のさやは、仏壇用の小さなお碗に入れてお客様に出す。お客様は近所の男の子たちである。

籠は稲の茎では作らない。稲の茎は扁平《へんぺい》だが、麦の茎は丸くて中が空洞になっている。先端についている穂は切り捨てて茎だけ残す。茎には太いのも細いのもあるから、細いのを太いのに通してつないでゆく。麦の穂には黒くなっているのがあって、それは病気にかかっているのだから、切って捨てても親には叱られない。つないだ麦の茎を編んで籠にするのである。

蓮華の実がつくころは野苺《のいちご》も熟れてくる。苺を摘んで入れるのもおなじ藁籠だった。野苺は畦には生えない。生えるのは小川の堤である。野苺は赤いのやら黄色いのやら沢山生えていて、澄ちゃんのいかにも丈夫そうな藁籠も、わたしの藁籠もすぐ一杯になる。

家へ持って帰ると、まず仏様に供える。「まあ、きれいか苺のあったねえ」と母がよろこんでくれる。庭に莚《むしろ》を敷いてお座敷に仕立て、ままごと用にしている古いお膳に、つわ蕗の葉を敷いた上に苺を盛って、前もって招いてあった友だちを接待する。広い麦畑の上に夕陽が映えて、子ども心にも何とも懐かしい光景だった。

おなじころ畦道には、三葉ぜりや野ぜりが生える。蓬《よもぎ》も繁り、毒ぜりと呼ばれていたキンポウゲが咲き、畦は草花に覆われて土は見えない。せりもよく摘んで帰った。

夏には麦畑が田んぼに変わる。田んぼの畦に生えた蓬を採ってきて、フツ団子を作る。フツとは蓬のことである。これは母の仕事で、蓬が生えている限り何度も作るのだった。蓬は茹《ゆ》でて乾かし、保存して正月用のフツ餅にもなる。三月の節句、五月の節句にもフツ団子は欠かせない。母が蓬で大活躍する一方では、父はせり摘みにゆく。歳時記めいたことを大切にする人だった。

澄ちゃんの苺籠は町内の大人たちにも評判だった。お彼岸の中日だったと思うが、澄ちゃんが折角《せっかく》苺を持って来てくれたのに、わたしたち一家はお寺へ行って留守をしていた。お彼岸のお寺詣《まい》りはわが家の年中行事のひとつで、その際はわたしも、晴着を着せられて連れて行かれるのが習いだった。

お寺には、民家には見られない大きな円柱があるのが印象的だった。よそから来た坊さんが台座の上からお話をなさる。嫁姑《よめしゅうとめ》の間についてのお説教などの話が長びいて、家へ帰ってみると、澄ちゃんが苺籠を提げて、わが家の入り口に立っていた。近所の人の話では、二時間ほども待っていたそうだ。澄ちゃんの苺籠があまりに立派なので、その立ち姿も目立ったのではなかろうか。

澄ちゃんはかねて無口で、めったに人と喋《しゃべ》ることもない。わたしにだけは「道子しゃあん」と親しんでくれた。二時間も黙って立っていたとは、いかにも澄ちゃんにふさわしいことだった。

澄ちゃんは「これは龍宮の乙姫さまに供えて頂戴《ちょうだい》」と、羞ずかしそうに苺籠を差し出した。わたしは立派な籠に山盛りにされた苺に、大変すまない気持ちがした。龍宮の乙姫さまというのは、二人でするおままごとの主人公だった。架空の存在であるその乙姫さまを、澄ちゃんはどんなふうにイメージしていたのだろう。

澄ちゃんはいつも、継ぎは当たっているものの、小ざっぱりした着物を着ていた。近所の小母さんたちは、「澄ちゃんの母《かか》さんは、よか手ば持っとらすもんなあ。自分の着物も娘の着物も、いつもきちんと継ぎを当てて、見苦しゅうなかごつ、しとらすもんねえ。澄ちゃんがよか手して、苺籠作りの上手なのも、ありゃあ母さん譲りばい」などと取り沙汰した。

澄ちゃんの父《とと》さんは、たいてい上半身裸だった。朝早くからふいごで火をおこし、方々から持ちこまれた包丁や鎌を真赤になるまで灼《や》いて叩く。その音は栄町の名物のひとつだった。朝、昼、晩欠かさず焼酎を呑んで、いつも機嫌よく酔っ払っていた。澄ちゃんは採って来た苺を、ふいごの上にも供えるのだった。「鍛治の神さんもよろこびなさるばい」と、父さんは澄ちゃんに言う。

澄ちゃんと土堤で苺を摘んでいると、雲が出て、にわかに陽が翳《かげ》ってくるときがある。澄ちゃんは空を見上げて、「蛙が雲の上で鳴きよるよ」と言う。そう言われると、蛙の声はたしかに雲の方から聞こえる気がする。

「雲の上に田んぼのあるとじゃろか」

すっかりその気になってわたしは答える。ころころころころ、こーろころ。やっぱり雲の上から聞こえる。

むかしの田園では、大地と空はひとつの息でつながっていた。だから、雲の上に田んぼがあって、そこで蛙が鳴いていると、澄ちゃんとわたしは信じることができたのだろう。

わたしは小学三年のとき、水俣川の向こう岸へ移って、澄ちゃんと苺を摘むことはなくなった。転校以来一度も会うことがなかったのを、いま悲しく思い返す。

（二〇一五年十月二十七日掲載）

海底の道

栄町裏の田んぼの中に、広い一本道が通っていて、それを真っすぐ行けば、左手に会社の工場があり、そのうしろのしゅり神山という低い丘陵を過ぎると、丸島という小さな漁港に出る。祇園さまはその入り口にあった。小さいけれど、古い神社だった。

年に一度の宵祭りには、境内に舞台がかかって、丸島の娘さんたちがお化粧して、その上で踊るのが常だった。この舞台で踊ると、若者たちから見染められて嫁入りが早くなるという評判だった。

道端には莚を並べて、ちょうど熟れかかって色づいたいぐり桃が山積みにされていた。ふだんはまっ暗なところだが、祭りのガス燈に照らされて、いかにも新鮮でおいしそうに見える。いぐり桃は店には出ない。祇園さまの宵祭りのときだけ、莚の上で売られるのである。

わたしは幼心にも、それを買わねばならぬように思っていた。ふだんは小遣いをくれようとはせぬ親も、いぐり桃を買うといえば、渋らずに出してくれる。いぐり桃を前にしているおじさんにお金を差し出すと、三合桝《ます》で五、六個計ってくれる。その上にひとつかふたつ、「そら、おまけぞ」と余計に乗せてくれるのが嬉しかった。

いぐり桃は見かけは美しいが、大変すっぱかった。それでもかじりながら舞台の踊りを見ていると、いかにも祭りに来たという気がした。残りのいぐり桃は袂《たもと》に入れて、こぼれぬように家へ持って帰る。連れて来た弟は、洋服のポケットに入れる。

祇園さまの祭りには、天草・島原方面からも、船を仕立ててやって来る人びとがいた。むかしの村の祭りでは、たがいに招《よ》んだり招ばれたりする習慣があって、そういう客人のことを祭り客と言った。渡り芸人もやって来て、歌ったり寸劇を演じたりする。その中には方々からやって来た狐も雑《ま》じっていて、人間に化けてそれぞれの土地のなまりで歌ったり踊ったりするというのだった。

そういう狐たちは祭り狐と呼ばれていて、祭りのあるところには必ず顔を出す。

中でも南福寺狐というのが有名で、一番芸がこまかいというのだった。南福寺というのは、水俣川がふたつに分かれているところである。

その上流には湯出《ゆのつる》という温泉があって、農閑期には天草から、お百姓が米を持って長湯治《ながとうじ》に来る。まるで湯出に湯治に来る楽しみのために、百姓をしているといわんばかりだった。

夜中になって人がいない温泉に、南福寺の狐たちがつかりに来た。つかったあげく、上手に女に化ける。化粧が垢《あか》抜けていて、村の若者たちがよくひっかかる。爺さまたちが囲炉裡《いろり》ばたで焼酎呑みながら、若いころ南福寺狐にだまされた話を嬉しそうにしていた。

湯出は湯の質がよいというので、天草ばかりではなく、島原や長崎からも湯治に来ていた。祇園さまの祭りには、ガス燈がともり夜店が並ぶさんざめきに誘われて、そうした湯治客も顔を出す。この夜ばかりは、方々から集まった人びとが、親類同士のような親しみを感じあうのだった。

神社の前の賑わいから抜け出して、わたしは右手の細い茅原の道にふらりと迷いこむ。ふだんは灯りひとつない茅原にも、ところどころガス燈が立っていて、あたりは青い光に浮き出して海底のように見えた。

いつもはガゴたちが集まっている場所である。ガゴとは土地に棲みついた古い妖怪で、なかにはモタンのモゼとか、タビラのタゼとか名がついている一族がいた。子どもがおそくまで外で遊んでいると、親は「ガゴにつかまって、頭からガジガジかじらるるぞ」と呼びもどす。水俣川の川口から丸島の港までの海岸を、大廻《うまわ》りの塘《とも》というが、そこはいまや滅びつつある古い妖怪の、最後の楽園なのだった。

祭り着物の振り袖を着せられたわたしは、いまその楽園の入り口に立っている。振り袖を胸に当てていると、ほのかに浮かび上がっている茅原の中の道が、海底の龍宮城へ通じているように思えた。

なぜかそこが慕わしく、袖を振り振り歩いていると、向こうからお爺さんがやって来る。わたしは家を出る前、熱心に口紅を塗り頬紅をさし、祭り草履をはいて、お姫《ひ》いさまになったような気分でいたことを思い出した。お爺さんは近づくと、「これはこれはお姫いさま。もうお帰りでやすか」と膝を曲げ、頭を低くして挨拶した。腰には魚籠《びく》をつけている。かねて家に遊びに来る老人連のひとり、清助《せいすけ》爺やんだった。

「ああもう、退屈した」

「それはそれは、何もお構いできんで、申し訳なかこつでござりやした」

わたしは返事代わりに、長い振り袖の袖口を顔の前でひと振りしてみせた。

「これからは、わしがお伴いたしやす」

清助爺やは若いころ天草から来た狐にだまされて、木の葉のお金をもらった話をするのが大好きだった。こんな夜更けに海の底の道をひとりで歩いてくるなんて、爺やもいよいよ狐の仲間になりなさったかなあとわたしは思った。

そのときメリメリと稲光りがして、わたしのまわりの海底が照らし出された。爺やんはよっぽどびっくりしたとみえ、どこか隠れるところを探す様子だったが、あたりには茅が生えているだけなので、わたしにとびついて振り袖に頭をかくした。ぶるぶる、からだが慄えている。

「みちこしゃん、助けてくれ、わしゃ雷が一番おそろしか」

爺さまにとり縋《すが》られて、わたしは狐の姫いさまになったような気がして、両方の袖で爺さまの背を包んで、ひと声「コーン」と啼《な》いた。爺さまの慄えはみるみる収まって、ふたりとも青白い光に囲まれていた。

（二〇一五年十一月十七日掲載）

お手玉唄

わたしが入学した水俣第二小学校は、栄町のわが家のすぐそばにあった。わたしの家の左隣が染屋、その先は鍛冶屋、外国行きの船の船員さん、小学校の小使いさんと続いて、この四軒の男の子たちがみな、わたしといっしょに学校へあがった。

鍛冶屋の澄ちゃんはわたしより二級上で、その弟と同級生になったのである。澄ちゃんには三つばかり上の兄さんがいて、これがウナギ採りの名人だった。彼が採ってきて、バケツの中にうようよしているウナギの中から、鍛冶屋さんが一匹つかみあげて、俎《まないた》にのせてさばこうとする。焼酎が廻っているものだから、手許がおぼつかなくて、ウナギは道路へ逃げ出す。それを千鳥足で小父さんが追いかけるのは、栄町の名物のひとつだった。

そこに馬車が通りかかろうものなら大変である。ウナギに驚いて馬が棒立ちになり、ヒヒーンといななく。馬車の中でお客さんがひっくり返る。

小使いさんの家の先がタバコ屋で、その向かいからはいりこんだ所が小学校になっていた。わが家から一〇〇メートルくらいしか離れていない。

担任は櫨本孝次郎先生といって、師範学校を出たての熱心な方で、わたしをずいぶん可愛がって下さった。放課後何人か残されて、習字をした記憶がある。熊本市の展覧会へ出品するために特訓を受けたのである。わたしの習字は展覧会に出され、その後学校の玄関に飾られていた。

学校へ行き出すと、いろんな友達が出来て、その中にクロちゃんと呼ばれる女の子がいた。彼女の家は水俣駅の前の小高い丘の上にあって、そこにはわが家の墓があるので、墓詣りの際、彼女が自分の家の前で遊んでいるのを見かけたことがあった。でも仲よくなったのは学校で同級生になってからで、わが家へ遊びに来た彼女に、お手玉をあげたこともある。

クロちゃんはいつも髪はくしゃくしゃで、お姉さんのお下がりらしいダブダブのセーラー服は色褪せ、袖口は墨汁やはなみずで光っていた。ひとりで地面に座りこんでいることが多く、そんなときは石筆で地面に魚の絵を描いたりしている。彼女が地面に座っていると、わたしは大変気になって、それとなくそばに行って、立ったりかがんだりしていた。

町内では五郎ちゃんという、五、六年生の腕白《わんぱく》坊主が勢力を振るっていた。わたしの弟も子分になっていたらしい。五郎ちゃんの楽しみは、座りこんでいるクロちゃんの尻を蹴とばすことだった。通りすがりにうしろから蹴って、知らぬ顔で行ってしまう。なぜそんなことをするのか、わたしにはわからない。クロちゃんの座った姿がよほど目障りになるらしい。

クロちゃんは片手を地面について、蹴られたお尻をもうひとつの手でおさえ、痛そうに顔をしかめるだけで何も言わない。近くにいた子らも五郎ちゃんの癖を知っているので、気遣わしげに見ているだけである。

そんなことが何度もあったが、あるときクロちゃんの姿があまりに痛ましかったので、たまりかねて大声をあげて五郎ちゃんを睨《にら》んだ。

「こらあ、何ばすっとか、五郎ちゃん。弱か者ばかりいじめて。死んだらエンマ様に地獄の釜で茹でらるるぞ」

五郎ちゃんはわたしより四〇センチばかり背が高かったが、虚を衝《つ》かれたような顔でしばらく黙った末に言った。

「何《なあ》ん、地獄のエンマ様に茹でらるる？　俺ァ、カライモじゃなかぞ」

「うんにゃ、屑《くず》ガライモとおんなじじゃ」

そう言い返して、わたしはクロちゃんの手を引っ張って、五郎ちゃんの前から立ち去った。

一週間ほど経ったろうか。親たちが畑に出て留守の間に、五郎ちゃんが子分たちを連れて仕返しに来た。下肥《しもごえ》を汲んだ柄杓《ひしやく》に雑巾をかぶせたのを持って来て、わたしの家の戸口に肥《こや》しを塗りつけたのである。

「地獄の釜にゃ茹でられんぞ。屑ガライモじゃなかぞ」

と五郎ちゃんが叫び、子分たちが囃《はや》し立てる。それを見つけた鍛冶屋の小父さんが、

「こらあ、何ちゅうことばしよるとか」

と、例の上半身裸の姿で仁王立ちになって怒鳴りつけると、連中は一斉に逃げ散った。一件は町内の評判になって、五郎ちゃんの両親がわが家へ詫《わ》びに来られた。五郎ちゃんはふっつりと、クロちゃんを蹴るのをやめた。

これはわたしが二年生のときだと思う。いまでもクロちゃんのことを思い出すと胸が痛む。三年生になってわたしは転校したので、その後クロちゃんはどうなったか、消息を聞いたことがなかった。

クロちゃんのような子は、どこにでも居《お》りそうな気がする。彼女は勉強に全然参加しない子でドンベコス（どん尻）と呼ばれていた。誰も相手にしてくれないので、いつも独り遊びをしていた。自分だけの世界を持っていたのだと思う。わたしはどういうものか、そんな子たちと縁があった。勉強ができるといわれるのが厭《いや》で、そんな子たちとばかり遊んでいた。

クロちゃんは学校帰りによくわたしの家に寄った。ふたりで焼ガライモを喰べながら、お手玉唄を歌う。「一掛け二掛けて三掛けて、四掛けて五掛けて六を掛け、七の欄干橋を架け、遥かむこうを眺むれば、十七、八の小娘が、片手に花持ち線香持ち、お前は誰かと問うたれば、わたしは九州鹿児島の、西郷の娘でございます、明治十年戦役に、討死《うちじに》なされしお父様、お墓詣りに参ります」と続いて、最後に「あーがった、ちょい」と唱えるのだが、クロちゃんは「あーがった、ちょい」を早く言いたくて、唄の途中なのにそれをやるのだった。

後年わたしが水俣病の患者さんとご縁ができたのも、もとはと言えばクロちゃんの記憶があったからかも知れない。

（二〇一五年十二月十五日掲載）

大《おお》雨《あま》乞《ご》い《い》と沖の宮

このたび文化勲章を受けられた志村ふくみさんから、『夢の浮橋』と名づけられた十二本の草木染の色糸をいただいたのは、二〇一二年四月のことだった。その中には、「天の雫」としか言いようのない薄い空色の糸があり、「みはなだ」と色名がついていた。志村さんの文章にはかねがね感銘していたが、この「みはなだ」という色名もすばらしい。「天の雫」というのも、志村さんご自身の言葉である。

この十二本の色糸を見ているうちに、わたしの新作能『沖の宮』の能衣裳を、ぜんぶ志村さんに紡いで染めて織っていただきたいという思いが、湧いてとまらなくなった。志村さんの『つむぎおり』と題する作品集には、能衣裳にぴったりの草木染の着物が、たくさん写真で収められている。『沖の宮』は雑誌に発表し、わたしの『全集』にも収められているもののまだ舞台にはなっていない。主な登場人物は天草四郎と、四郎の乳母の娘あやである。

天草の乱のあと日照り続きで、村人は雨乞いのため、竜神さまにいけにえを捧げることになった。いけにえにはみなしごのあやが選ばれる。あやの親は原城に籠って殺されているのだ。緋の衣を着せられ、沖へ舟で運ばれてゆくあやに、天草四郎の亡霊がつきそい、ともに海底の沖の宮を訪ねようぞと慰めるというのが、この能とも音楽劇ともつかぬ舞台の骨子である。

あやが着る緋の衣について、わたしはこう書いている。「村の女房ら、寄り集まり、古き家の蔵から緋の色の旗さし物を見つけ出し、その古き布水流少なき川にて洗いあげたれば、古き煤《すす》、埃《ほこり》落ちて緋《あか》き色、花のごとくに現れ、かかる朱の色見しことなし」

あやの衣裳の緋の色は、沖の宮から生まれる生命の秘花である。その色を志村さんに出してもらいたい。一昨年出した志村さんとの対談『遺言』の中でも、わたしはそのことをお願いし、志村さんはこれまで誰も出したことのない色を出してみたいと、おっしゃって下さった。

「沖の宮」とは、海底にあるであろう妣《はは》たちの宮のことである。この宮には、妣たち精霊が集っていて、生命の行方を永遠に見守っている。あやという女の子はそこで生まれた命の秘花だから、先々は四郎に添わせたい。海底へやるのは、竜神さまへの捧げものとしてだが、じつは妣たちのいる海底で、生命の秘花として育ってもらいたい。そのために行くのだから、恋に似た道行《みちゆき》が必要となった。

日照りがつづき、井戸も枯れはじめている。村々では雨乞いがはじまった。

雨の神さまはふつう竜神さまと思われている。江戸時代の旅行家古川古松軒《ふるかわこしょうけん》は薩摩境まで来て、水俣の海辺で行われた雨乞いの様子を、古雅なる習俗であったと書き残した。

竜神、竜王、末神々に申す
雨をたもれ、雨をたもれ
雨が降らねば木草も枯れる　人種《ひとだね》も絶える
姫おましょ　姫おましょ
姫はいとたかき神世の姫にて
海底《うなぞこ》の沖の宮より参られ候ぞ
沖の宮とは、
ものみなのいのちを育くむ
薗《その》なるぞ

あやの衣裳は
おんなどもが集りて
縫いあげし
緋の色の光なるぞ
姫はいとたかき
神世の姫にてさふらふぞ

と書いてみて、幼いときに見た水俣の大雨乞を思い出した。まだ学校にも行かないころだった。

わたしの家は道造りの家でもあったから、新しくできた道を、人力車、当時は珍らしかった自動車が通ると、家族の話も賑わった。人力車に乗っているのは、お医者さまだったり、芸者さんだったりした。芸者さんの名は花奴《やっこ》とか宮奴とかいった。

わたしの家の前の通りは、栄町という名がついていた。夜が明けると間もなく、会社行きさんたちが出勤していくズック靴の足音がひとしきりして、街じゅうにサイレンの音が聞こえた。朝の始まりの音だった。自動車が通る以前には、客馬車も荷馬車もよく通った。客馬車は天草通いの港、梅戸港に行くのだが、道沿いのチッソ会社に行くのかもしれなかった。

丸島の祇園さまの祭りには、他所から来た役者衆が首お白粉を塗って、その首をくねくねさせながら客馬車に乗って行くので、栄町の通りは賑わった。

大圧観は大雨乞の行列が通ったときだった。

山々の村でも、雨乞の太鼓を打つ稽古をしていた。山の上から丸島の渚まで、太鼓を打ち祈りの文言を唱えながら行くのだそうである。

その日になれば、道沿いの家々では水桶に水をいっぱい満して、柄杓を添えて行列の衆に差し出すのである。人の踊って行く足音と馬の蹄《ひづめ》の音と太鼓の音が、地響をたてて聞こえてくる。馬の背中にはお姫さまに仕立てた藁人形をくくりつけてあった。沿道の人たちは行列を合掌して拝んでいた。

古川古松軒の記述によれば、村々の娘を集めて籤《くじ》を引かせ、籤に当たった娘をお姫さまにして、往時は生きながら海に沈めた、とある。

わたしの家の前を通ったお姫さまは、紙で作った振袖を着せられて、長い黒髪を背中に垂らしていた。あの黒髪は何でできたものだったろう。大きな太鼓が圧巻だった。四、五人でひとつの太鼓を抱えて叩いていたが、叩かれている太鼓の皮は牛の皮だったそうだ。

（二〇一六年一月二十六日掲載）

魂の遠《とお》ざれき

きのうはじつに異様な体験をした。

町の中を一人で歩いていて、それが不意に迷い子になったのである。誰一人、見知った顔には出逢わない。見たような町の表情だが、知らない町かも知れない。

たちまち不安になって、通る人の後ろ姿に声をかけようとしたが、はたと気づけば、自分がいったい誰だか分からなくなった。一体どこへ行こうとしているのか。それではものの尋ねようがないではないか。誰に会いにゆくつもりか。

一体わたしはどこから来たのか。声をかけられる方も困るだろう。

わたしにも友人がいたはずなのだけれども、それが一人も思い出せないというのはどうしたことだろう。どこで生まれて、どこで育ったのだろう。わたしにも親がいたはずなのに、その親はどこにいるのだろう。わたしは人間なのだろうか。

本当は入居している老人施設の一室で、ベッドの上にぼんやり坐っているだけなのだが、何の意味もなく立ち上がって、玄関を出て一〇〇メートルばかり歩いたような気持ちになってきた。

そこではじめて今日のはじまりというのに考え至り、今さらながら、わたしはいったい誰かと思いついて、愕然としたのであった。その瞬間の孤独を何にたとえようか。

通って来た町に人影はなかった。歳月も感じられなかった。この世に縁を結ぶ者は誰一人いないのだ。厚い固いセメントのような孤独な壁の中で、わたしは長い間固まっていた。

なじみのある町を歩いているにはちがいないが、わたしは一人だ。前を歩いているやせた恐そうな小父さんは、わたしの父かもしれない。馬車に積んだ杉の幼木には、泥だらけの根がついているから、彼のささやかな山の畠に植えられるのだろう。

白い猫の子があらわれて、小父さんの足許をうろちょろしている。だんだんわかってきた。もとは古い百姓家の屋根裏に棲みついていた青大将だったのが、みんなに恐がられるようになって、念願どおり白銀色の子猫に生まれ替り、新建材造りの新しい家の床の下から出て来たのだと、村の者たちが噂している。よたよたと歩く自分の前脚が子猫の目に入った。みっしり白銀色の毛が光っていて、四つんばいに歩いている。

前を歩いている小父さんが振り返って声をあげた。

「ミョン、なんばしとるか。ちゃんと歩かんば、馬車にひかるっぞ」

馬車の大きな車輪にひきずりこまれそうで、白い子猫はさっきから不安だった。馬が曳《ひ》く荷台の上に結えつけられた杉の幼木の上に、跳び乗ってしまうかと考えていたところだった。

「ミョン、きょろきょろせずに、早う杉の木に登らんか。そのままじゃれば、杉の葉っぱで怪我するぞ。せっかく生えた毛がすり切るっぞ」

杉の葉っぱは、まだ緑色がつやつやして新しく、特有の細い短い葉っぱが生々として、小さな森を想わせた。

子猫は、森の間の小枝に上手に跳び乗って、まるで自分が馬車をあやつってでもいるように振るまった。

青大将だった頃は、自分の皮膚がごわごわして、屋根裏にするすると登るのも、夏の夜などは、木の幹などに当たる風がすずろにふるえ、一心同体になったように感じられる。また、雪の夜などになると、蛇のうろことというものは、間に雪がざくざくつまるので、あんまり気持ちのよいものではない。

猫に生まれ替ってみて一番よかったのは、おなかに密生した細い毛や、あごの下や、腹の皮を逆さにくすぐってもらえる時が、思わずにゃごにゃごと声が出て、至福の時がおとずれるのだ。青大将のままでは、いくら身分が高かろうと、にゃごにゃごというほどの声は出ない。

それにしても、目の前がちらちらして気分が落ちつかない。足許をながめた。白い毛の生えた小さな前脚が二本、よちよちしながら歩いている。

ややあ！　さっきまでの青大将はどこへ行ったのか……！　ついさきほどまでも余しきっていた自分の蛇体をうらめしく思い出した。

文章を書くということは、自分が蛇体であるということを忘れたくて、道端の草花、四季折々に小さな花をつける雑草とたわむれることと似ていると思う。たとえば、春の野に芽を出す七草や蓮華草《れんげそう》や、数知れず咲き拡がってゆく野草のさまざまを思い浮べたわむれていると時刻を忘れる。魂が遠ざれきするのである。わたしの場合、文章を書くということも、魂が遠ざれきすることになってしまう。遠ざれきとは、どことも知れず、遠くまでさまよって行くという意味なのである。

（二〇一六年二月二十三日掲載）

何かいる上

わたしは七年ほど前に骨折入院し、幻覚がひどくなった時期があって、それ以来おかしな夢をみる。夢ではなく、昼間幻覚に襲われることもある。これはそんな奇妙な幻覚と、わたしの幼少期の思い出が入り交じった話である。縁の下に泊まりにきているもののことが、幼い二人の気がかりだった。兄の方が言った。

「よし、畳をはいでみよう」

「いやよ！　畳をはげば、巡査さんが来るのよね。清潔検査の時だよ」

妹は清潔検査の日のことがよっぽど恨めしいらしい。あがりがまちには、いつもは置いてある、片方のヒールがとれたお母さんの白い靴が見当らない。子どもたちの青いシューズがあった。床の下には何がかくれているのだろう。放し飼いの鶏が山のように卵を産んでやしないか。しかし畳の下でコケコッコーと鳴いたことは一度もない。大きな蛇が夜ごとに来て飲みこんでいるのなら、親鶏が騒ぎそうなものだが、そんな気配もなかった。

「はいでみようか、畳を」

子どもの手で畳をはぐのはむずかしい。朝食のあとで食卓には、トマトや沢庵漬けのはいったどんぶりや、椿の生けられた花瓶が乗っている。まずこの食卓を片づけなきゃならない。どこに片づけよう。そうだ、お台所脇の流し台まで持って行かなきゃならない。こりゃ大変だ。はてな、何をするんだっけ。そうだった畳の臭いをかいだのだった。小さな指で畳をあげて抱えるのはなかなかむずかしい。

「何しているの、あなたたち」

お母さんが帰って来たらしい。

「お母さん、大変だよ、この床の下には何かいるんだよ」

「ばかなことをお言いでない。何かいたら化け物屋敷だよ」

「化け物、いるかもしれないよ」

「そうだよ。お母さんのハイヒールの中にも、蛇の卵があるかもしれないよ」と、妹も兄のあとにつける。

「きゃー、変な子たちだね。でも、床の下に蛇の卵が山のように小積《こづ》んであったら、気味が悪いわね」

「地震があったらみんな卵まみれになるじゃない」と兄が言う。

「蛇が心配して、うじゃうじゃ来るんじゃない」

「あのね、お母さん、三郎ちゃんの家には、物干し竿くらいの青大将がいるんだってよ」

「あー、知ってるよ。有名だもの。卵など大好きだとさ。穴あけてチュウチュウ飲みこんでしまうんだってよ。だから、三郎ちゃんのお母さんは、一度に卵は沢山は買わないんだって」

「そんなお話いやだよ。だってさっき言ったように、お母さんのハイヒールの中にだって、はいるかもしれないんだよ」と、妹が口を挿《はさ》む。

「そうよ、あんたたちのランドセルの中に、蛇の親がはいっていたらどうするの。ランドセルの中で、蛇もお勉強するの」

その時、青いシューズの間から、ピカピカ光る白くて細い鶏の羽根が出て来た。外は雨らしい。みんな、しばらく黙っていた。わっと言うのと一緒に、キャーンと犬の声に似たのがまざった。

犬だか豚だかが座敷に跳び上った。豚というにはやせて小さかった。薄桃色の地肌のところどころに、真珠色の毛がヒカヒカ光りながら生えている。生まれ損ないの豚だろうか、犬だろうか。三人ともぎょっとして声が出ない。

その奇妙な生きものは、蛇の抜け殻を頭に乗せて曳きずりながら、近寄ってくる。母親が二人の手をとって、裏の田んぼへ逃げ出した。

田んぼにはガマ蛙がいた。まるで田んぼを見廻っている庄屋さんみたいに、のっそりのっそり歩いている。ふつうの蛙の十倍もあろうかと思われる巨《おお》きなガマ蛙だった。みんなが驚いていると、ガマはうしろを向いて、自分のからだを見てくれと言わんばかりの姿勢になった。

「何かおれに用かえ」

野太い声で言っているようだ。

「何でついて来るか」

三人は震えあがった。頭に蛇の抜け殻をぐるぐる巻きにして、からだにもひと巻きしていたからである。

「何だよ。ぼく何もしてないよ」。兄の方が言った。

「お父さん、助けて」と妹。大騒動になった。

奥の間で寝ていた父親が聞きつけて、外へ跳び出して来た。

「何だ、何だ。何の騒動だ」

三人のあとについて来た真珠色の生きものを見るや、ギョッとしたらしく、「何だ、こいつどこから来たんだ」。

「床の下から来たんだよ」

「何、床の下。そんなことがあるものか」

「でも、本当よ」と妹が言った。

「本当に床の下から来たんだ」

みんながしんとなると、真珠色の「お客さん」もみんなを見廻し、眼をパチクリさせている。ひょっとすればひもじいのかもしれない。妹が家に駈けこんで、玄米パンを取って来た。ぱく、ぱく、ぱく。牛乳もおあがり。ゴクゴクゴク。おせんべいみたいだったおなかが見る見る膨らんだ。みんながあっけにとられている中で、朝の食事が済むと、豚のような子は妹に鼻先をすりつけて、鳴き声を上げた。メェーメェーメェーと聞こえた。お父さんは言った。

「床の下から出てきたって！　本当かい」とお母さんに言った。

「それはお父さん、本当なのよ。わたしのハイヒールの中にも卵を産んでましたのよ」

「そんなバカな。青大将の抜け殻なら分かるけど」

「そう言えば庄屋さんの古い屋根裏には青大将が住んでいる。家の守り神様になっているそうね。うちにもひと柱ぐらい来てくださらないかしら。お金もたまるそうよ」


（二〇一六年三月二十九日掲載）

何かいる　下

床の下から出て来た、豚の子とも犬の子ともつかぬ生きものは、妹が珍らしがって歓待したものだから、すっかりなついてしまい、彼女のあとをついて廻るようになった。

「おまえはどこから来たの」

替る替る家人たちがきくけれども、どこから来たのかわからない。ガマ蛙と親類なのかも知れなかった。ガマ蛙も近くの田んぼに泊まっているらしく、二、三日越しに出て来て、奇妙な声で鳴きかける。それを聞けば、真珠色の豚の子も、山羊とも犬ともつかぬ声を出して、まるで伯父さんであるかのように、返事をするのだった。

「ひょっとすると、親子じゃなかろうか」と母親が言うと、

「バカなことを言うな。ガマと豚の子が親子であろうはずがなかろうが」と父親。

二、三日したら、どこにしまいこんだのか、ガマ蛙は蛇の抜け殻をもう身につけてはいなかった。

豚の子にはみんなで、ビーと名前をつけた。ビーを一目見た人はけっして忘れない。かならず不思議そうに振り返って見つめる。鳴き声といい、毛並みといい、地肌の光といい、ふつうの犬や豚とはまるで違っていた。

妹がお豆腐を買いに行くのにも、お人形さんをお店に見に行くのにもついて来た。その度に、道行く人たちが振り返る。視線が合うと、妹はとても恐縮に感じた。

それはよいとして、ビーに人形屋の店内をうろうろされると、店は迷惑するだろう。ビーにあと追いされずに行くのには、どうしたらよかろうか。ビーは勘がよくて、彼女がどこかへ出かけようとすると、すぐに気づく。結局店までついて来られて、店の人に気をつかうことになる。

ビーは両親の行く畑にもついて来るようになった。畑は唐芋畑である。ビーはふかし芋が大好物だった。一家が食べ残しの小さな芋切れをやると、よろこんであとをねだった。この畑は大廻《うまわ》りの塘《とも》と呼ばれる海岸近くの塩浜グラウンドにあって、とれる芋も甘味が足りないというので、かねがね家畜の餌にしていた。ビーはきっと蛇の抜け殻を探しに畑へ行くのだと、妹は思いこんでいた。

ビーは寝るときはきまって、縁の下の奥に潜りこんだ。蛇の抜け殻を頭にかぶって寝るのだろうか。青大将は古い屋敷の屋根裏に棲むといわれている。その抜け殻がどうして床の下にあるのだろう。

年に一度の清潔検査のときは、畳をあげて床の下をきれいにする。兄は床下に潜りこんで、青大将の抜け殻を探したが、そんなものはどこにも見つからなかった。いったいビーは蛇の抜け殻をどこで見つけて、頭にかぶったのだろう。

兄と妹は話し合った。

「ガマ蛙はいったい何をしに来たのだろう。どんな役目を持っているのだろう。背中にイボイボをつけて、田んぼをのっしのっしと歩き廻っているけれど、お寺の鐘のような恰好だなあ」

「そうねえ。ひと声鳴くと、田んぼ中の蛙が、あとをつけて鳴くよねえ。まるで、雲の上で鳴いているみたいよ。あしたは晴だよと、唱《うた》っているのかもねえ」

「ガマ蛙は合唱団の指揮者かも知れんなあ」

と兄が言ったその時、天も地もまっ二つに裂けたと思えるほどな光と音が空に走って、あたりが一面光り輝いた。二人は思わず耳を覆って、その場にしゃがみこんだ。夕暮れどきで暗くなっていた家の中が、一瞬照らし出された。

「ああ、怖かった」と妹が言った。

母親が台所から出て来た。

「怖かったねえ、いまのカミナリ様は」

抱き合った兄妹が腕を解いたころ、父親が出て来た。

「今のは凄かったなあ。たいがいのカミナリにはおどろかんが、今のカミナリは島原の上の方でも光ったぞ」

妹が言った。

「あのガマ蛙も、さぞたまがったろうね」

「ガマ蛙といえば、このところ姿を見んなあ。田んぼの見廻りをしてくれよるが、来年も来てくれるかなあ」

「さあなあ。あの頭にかぶっとるのは、青大将の抜け殻かねえ。三郎ちゃんの家の屋根裏には青大将の棲んどるげなが」と、母親が答える。

稲光りは稲を育てるという。カミナリ様とガマ蛙は、両方とも田んぼにとってなくてはならぬもののように思われるのだった。

この家族は動物が大変好きだった。犬、猫をはじめ、山羊、牛、豚、兎、亀などを飼っていて、それぞれ餌をやるのも大変だけれども、いっしょに生きるのが楽しみだった。そのうち、ビーもなくてはならぬ家族の一員となっていた。塩浜グラウンドのそばの家から、ビーも、父親が仔犬をもらって来た。洋犬の血が混じっているらしく、耳が長く垂れて、まるで縫いぐるみの犬のように可愛らしい。そして甘え鳴きをする。ユーリーと名をつけて、家中で可愛がった。

夕食どきには、家畜たちの餌もやらねばならぬので大忙しだった。ところが、いつもは真先に顔を出すビーの姿が見えなくなった。家族総出で探し廻ったが、見つからない。三日ほどして、家のうしろの唐芋がま（唐芋を貯蔵する穴）のそばにうずくまっているのを父親が見つけた。

三日三晩、何もたべず飲まずだったのだ。父親が餌をもって来て、しきりに言いなだめたが、たべようとしない。四日目には、もう姿が見えなくなっていた。兄妹は悲しみながら、「ガマ蛙のところへ行ったのかなあ」と語り合った。

◇

この次はどんな話をしようかと考え始めたところで、熊本地震の揺れに襲われた。なすすべも、考えるすべもなかった。いまも頭がぼんやりしているほど、衝撃を受けた。もう少し時間が経って、気持ちが落ち着いたところで、地震についても書いてみたい。

（二〇一六年五月十日掲載）

熊本地震

いままでは「前震」と呼ばれる揺れが来たとき、何かがベッドの上に倒れ、それでわたしは右足を怪我したらしい。膝の下から引き裂けて、草叢の中を引っぱられていくような、かつて経験したことのない痛みだった。部屋中がきしみ、ゆらいでいる。

地震だ！ 地表にせり上がった断層の割れ目に、足首が喰わえられているのではないか。

助けて下さい。足が引き裂ける。痙攣《けいれん》する右足を左足で抑えようとしたら、そっちにも痛みが移ってきた。手をやってみると、ぬめぬめした大量の脂汗が流れている。血も出ているようだ。

咄嗟《とっさ》に考えた。これは何かの呼びかけだ。呼びかけているのは大地の精霊なのか。どうして、この体の不自由なわたしひとりが呼びかけられたのだろう。

何はともあれ食料だ。冷蔵庫を開けると、蜜柑《みかん》が三つあった。食事用のエプロンにそれを包む。ついでにダシジャコの二〇〇グラムの袋もいれる。原稿用紙もいれなくっちゃ。これはエプロンには入らない。手提げ袋はどこへ行ったろう。そのあたりでわたしは気絶してしまった。

気がつくと、廻りにはヘルパーさんたちがいた。足の痛みを訴えると診て下さったが、踵《かかと》に血豆ができている程度で、たいした傷ではないという。それなら、この痛みは何だろう。引き続き痙攣も来る。ヘルパーさん達はそれどころではなく、とび廻っている。わたしの室内も書棚やら何やら倒れたが、翌日みなさんで片づけて下さった。

一日あまり経った深夜、本震に襲われたときの記憶は混乱してよく憶えていない。けれども、わたしはもう死ぬなあと思ったことだけは確かだ。恐竜が絶滅したのも、こんな地震にあったからではないだろうか。人間も絶滅するに違いない。そうなると、白亜紀とかジュラ紀とかあるが、この時代は何紀と呼ばれることになるだろう。一瞬そんなことが頭をよぎった。

気がついてみると、玄関、というより門の際にいた。あとから聞いたことだが、若い男のヘルパーさんが、ベッドからわたしを抱えて車イスに座らせ、そのまま持ち上げて、倒れた家具を踏み越えて救出して下さったのだ。どうしてあんな馬鹿力が出たのかわからないとのことだった。そのとき声を掛けても、わたしは眼をあけなかったという。

門の脇で車イスに坐って、どれくらい経ったのだろう。門の脇の塀は倒壊していたのだが、それに気づいていたかどうか。裸足だった気がする。足の裏が異様に熱い。熱い大きな石の塊を踏んで、跳び上がったのではないか。そもそも歩けるような足腰ではないのに、裸足であたりをうろついたような気さえする。

それから病院へ運ばれたらしいけれど、一切記憶がない。救急車が来てくれたのか、ホームの車で運ばれたのか、それすらさだかではないのである。あとの話では、このホームの入居者はみな病院や施設に移されたのだそうだ。私が運ばれた先は、いつも入院しつけの病院で、院長先生が個室に入れて下さった。足には突っかけみたいなのを履いている。ホームのヘルパーさんが履かせてくれたのだろう。就寝したなりの恰好で、着更えもない。お金も一銭も身につけていない。個室に入ってすぐ知り合いにケイタイで電話したようだが、よく持っていたものだ。部屋から助け出される前に、本能的にポケットに入れたらしい。一銭も持たないとしきりに訴えていたそうだ。

友人たちが下着や老眼鏡や筆記用具、それにお金を届けてくれたのは、入院して二日目だったろうか。わたしはキョトンとして、何があったのといった感じだったそうだ。

病院には十日しかいなかった。緊急性のある患者さんが次々と運ばれてくるし、わたしのいたホームが再開したからである。たった十日で再開に漕ぎつけた職員さんたちの奮闘ぶりには、頭の下がる思いだ。ご自分は避難所暮らしや車中泊を続けながら、仕事に出て来られたのだ。

闇の濃い真夜中の病院で、忙しく立ち働く人びとの表情はみなひき締まり、目が底深く光ってみえる。益城町という地名が耳につく。震源地らしい。短い入院期間で記憶も定かでないが、知り合いの地元の女性新聞記者が、見舞って下さった。彼女の実家は益城町で老いた両親のことを心配しながら、様子もあまり見に行けずに、ふるさとの町の惨状を伝え続けているらしい。両眼が真赤になっていた。

施設に戻ってひと月半になるけれども、自分の居場所がないという気持ちが深まる一方である。もともとそういう気がしていたのに、この地震であちこち移されたので、いっそう居場所がないという虚無感が強まったのだろうか。施設に戻ってから、ある人に尋ねたそうだ。

「わたしはどうして、あっちにやったり、こっちにやったり、されるのでしょうか」

その方は苦笑しながら、「地震があったのはわかってるんでしょう」と言って、事情を懇切丁寧に説明して下さった。でも、わたしが尋ねたいのはそういうことではなかった。自分に居場所がないという感覚を、どうやって人に伝えたものか。

ついこのあいだ、友人たちが震源地の益城町に、車で連れて行って下さった。詩人の伊藤比呂美さんが、石牟礼さんに見てもらっておくべきだと、手配なさったらしい。益城町に入ったとたん、押し潰された家が目に入った。ぐしゃぐしゃになった古材や新建材の隙間から、洗濯物が見えた。おむつのようだった。赤ん坊の、それとも老人の……。

わたしは気分が悪くなり、発作が起こった。一日何回か息苦しくなるのだが、その症状が出たのである。結局引き返すことになった。どんな人が住んでおり、どうなられたのだろう。わたしはただ暗然とするしかなかった。

（二〇一六年六月二十八日掲載）

ぽんぽんしゃらどの

この世には、現世から抜け出して遠いところへ行ってしまい、帰り道をうち忘れた人たちがいる。どこでどうやって死ぬのか、身内のものには手がかりがつかめない。そういう者たちのことをいう言葉が幾通りもある。

そういう人たちは、行った先で周りの人たちに強烈な印象を残していることもある。例えば、ぽんぽんしゃらどの、と呼ばれていた女の人は、水俣川の河口の大廻《うまわ》りの塘《とも》という長い土手によく現れた。街を通る時からそうだったけれども、どういうわけだか紅い布や青い布裂《ぎれ》を、首の廻りや腕や足のすねなどにくくりつけて、ひらひらと風になびかせながら歩くのが好きなようだった。風のある日はどこからか現れて、布をひらひらさせながら、なにやら小声で歌いながらうれしそうに歩いている。鼓を打つ真似をしたり、おなかを叩いたりして、足は裸足で、歌う声は小さい細い声ながら、たいそう美声であった。それゆえ、遠くからでもその声はよく聞こえたという。

街を行くときよりは、大廻りの塘に現れたときが一番楽しそうで、耳を澄ましていると、

ぽんぽんしゃらしゃら　ひゅーしゃらしゃら

と聞こえたそうな。大廻りの塘はススキで出来ていたので、風が南へ吹いていても、東へ吹いていても、ぽんぽんしゃらどの声に合わせて色つきの紐《ひも》と共に、土手のススキも波打っていたそうな。

この話を寝物語にしてくれた母は、「あのお人はどこで生まれたお人じゃったろうか。今ごろは橋の下やら、川塘につないである漁師さんの船やらを仮の

宿にして、泊まっておらいましたがなあ」とよく言った。

「食べ物はなんば食いよんなはったろうか」

歌声が近づくと、母はいそいそとして、唐芋の茹でたのや、粟《あわ》飯の焦げたおにぎりを作って、裏庭の里芋の葉をちょん切って、それに包んで、「はい、おあがりまっせ、ああたの来なはるのば待っとりました。今日はごきげんのよかごたるなあ」、そう言って芋の葉包みを渡すのだった。

河口に生えている草というか木というか、とうもろこしによく似た植物がある。それを「あんぽんたんの川流れ」と呼んでいた。あんぽんたんの木は、渚に生える植物の中でも、ひときわ葉っぱが長くて幅広く、葦や葭にくらべると、親の木のようだった。葉っぱは必ず海に向かって垂れていたので、遠くからでもよく見分けられた。

「あんぽんたんの川流れ」というのも、その植物がかなり大きくなるものの、物干し竿《ざお》の役には立たないし、七夕様にもならないからである。しかし、魂の飛んでしまったこの世の「あんぽんたん」が、思いがけぬ働きをすることがあるように、この植物もまるで役に立たないということもない。

大水のときなど、河口には山の上から、木彫りの茶碗の割れたものとか、藁で編んだ蒸し器の一部が流れてきたり、簞笥の引き出しとか、どういうわけか、子どものこっぽり下駄などが片っ方だけとかが流れてきたりする。それが海に漂って、満潮に乗って渚に寄ってくる。それで海辺の村人たちは、河口に行くと、必ずなにか寄ってきてはいないか、宝物がひょっとして流れてきてはいないか、という目つきをして、渚を眺めるのである。

わたしも一度、片っ方の手が欠けたキューピー人形を拾って、長い間大事にしていたことがある。今もキューピー人形というのはあるのだろうか。「青い目をしたお人形はアメリカ生まれのセルロイド」という歌があったが、今は歌われるのだろうか。

上流から、ばらばらになって流されてくる材木などを結わえるのに、この「あんぽんたんの川流れ」と呼ばれる植物を使うのである。繊維が柔らかくよく曲がるので、結わえるのに苦労しない。上流の遭難は下流には、宝物にありつく好機なのである。寄り木集めは、海辺の百姓たちの大きな仕事でもあった。

それぞれの家の寄り木には、お婆ちゃんの使わなくなった赤い腰巻などが、旗印のように立てられていた。一年くらいすると旗印はなくなって、大小さまざまの寄り木たちは、それぞれの家の鶏小屋になったり、五右衛門風呂の焚きものになったりするのである。

「あんぽんたんの川流れ」という言葉は、人間に対しても使われることがある。河口に立って海を眺めているけれど、何をしに河口にきたのやら、自分でもわからなくなるような人で、いかにも「あんぽんたんの川流れ」というにふさわしい。わたしもそういう一人だった気がする。

人にはいろいろな欲望や望みがあって、百人が百人とも、少しずつ形を変えながら、欲しいものに手を出す癖があるように思える。山里近くに育ったもので、女の子が神隠しにあったという話もよく聞いた。山に一人で遊びに入って、帰ってこないことを神隠しにあったというけれども、神隠しにあった子を探しに行く時は、みんな音の出るものを持って行くそうな。

人は何のために生きるのか、といえば偉大なるテーマのようだけれども、案外片腕のキューピーさんに手を伸ばすのがおちだった、ということがあるのかもしれない。人は自分に似たものを見たがり、聞きたがり、接触を持ちたがる。海辺で拾ったキューピーさんをしばらく仏様の後ろに隠していたことを覚えているけれども、その後どうしたか覚えていない。

かくいうわたしも、現実の生活の中では親に保護されて養われてはいたものの、魂は常にあらぬところへ行ってしまって、ぽんぽんしゃらどのと大して変わらないような生き方をしてきたのではないかとつくづく思う。

（二〇一六年八月二日掲載）

花結び

生まれてくる子どもは、まずひとつ身の着物を着せられる。四歳になると、四つ身の着物に変わる。ひとつ身、四つ身とは、和服の裁ちかたをいう。

女の子の場合は、両の脇に紐をつけてうしろに廻し、花結びにしてやる。右と左の両袖の下にとりつけた、色のきれいな二本の紐を背中に廻し、かなわぬ両腕で、一生懸命に花結びにするのである。わたしはこの花結びをするのが大好きだった。

初めて四つ身の着物を着せられた日、町内の鍛冶屋からキビナゴという小魚がとどいていた。イワシによく似た魚で、イワシより頭が小さく、身の丈が長い。

まず頭を背の方に指で折り曲げて、ちょん切る。上手になればこのとき、頭につながった背骨も、いっしょにとり除くことができる。わたしより五つばかり歳上の、鍛冶屋のお兄ちゃんは、うなぎやドジョウとりの名人で、わが家にもおすそ分けが廻って来ることがあった。キビナゴをこしらえるのも大変上手で、わたしはこのお兄ちゃんのすることを見ているうちに、いつしかその手際を呑みこんだらしい。

その日届いたキビナゴの頭を骨ごととり除き、お皿に五、六本盛って、夕食時に父に差し出した。父は「道子の初仕事じゃねえ。花結びの着物を着せられた祝いに、ご馳走《ちそう》になろかね」と言って、よろこんで口にした。母もひと切れ口に入れたが、気の毒そうな表情で呟《つぶや》いた。

「こりゃ、水に漬かりすぎて、キビナゴの味のせんねえ」

花結びの紐のついた着物を着せられると、何か手仕事をせねばならぬような気持ちになった。米とぎをしたり、茶碗を洗ったり、ハタキをかけたりするようになった。のちには、おままごとをするにも、花結びにしていると、お客様をちゃんとお迎えするような気分になるのだった。

花結びをするようになって嬉しかったのは、古賀の観音さまや、丸島の祇園さまの宵祭りにゆくときだった。夜になると栄町の家々はガス燈をともすので、昼間は何ということもない通りが、にわかに華やぐ。観音さまや祇園さまへゆく道筋には屋台が並ぶ。その中を花結びにした着物を着て通るのは晴れがましかった。

母のすぐ下の妹、つまりわたしの叔母は裁縫が好きで、わたしの着物の紐をよくつけ替えてくれた。そのたびに緋色とか水色とか、紐の色が変わる。紐の色が変わるごとに、着物まで新しくなった気がした。

お紐ときの日は八幡さまにお詣りするのだが、その前に舟津の為朝神社に寄る。これは八幡さまより古い神社だから敬意を表するのである。舟津という水俣川河口に一番近い集落は、沖縄から村ながら出て来たという人たちのもので、言葉のアクセントから違っていた。全家が漁師さんで、イカ釣りの時季には、家のぐるりにイカが干された。

言い伝えによると、琉球からの帰途、当地に寄った源為朝が出帆する際、舟子《かこ》の弥八という男にかたみとして直垂《ひたたれ》の片袖を与え、それを祀ったのがこの神社という。

着物を新調してもらい、新しい紐を背中で花結びにして、わたしは華やいだ気分だった。両親と祖父母、それに叔母、弟の一《はじめ》も一緒だった。八幡さまへのお詣りがすんで帰り途、舟津の渚で、白衣を着た人びとが川の中へはいり、海水と川水が混じりあうあたりで、お祈りを始めるのを見た。何ごとか呟いていた。その光景を立ち停まって、見ている人たちもいた。

「何じゃろかねえ」と母が言う。「黙っとれ。癩《らい》病の人たちち話ぞ」と父。癩というのは差別語で、いまはハンセン病と言わねばならないが、当時はそんな呼称は知られておらず、わたしの親たちも使いようがなかった。

その日は神社詣りもするし、そのあとでお客さんに祝いに来てもらうし、薄紅色の花模様の生地に、大好きな水色の紐を大きく結んだ着物を着ていた。花結びが見えるように、綿入れを着ていなかったので寒かった。もう初冬で川水もさぞ冷たかろうに、それに裸で浸かって合掌している人びとがいる。背中の花結びが急にはずかしく、隠せるなら隠したいと思った。

川からあがって、白衣からポタポタ雫をこぼしながら、わたしたちの前を通り過ぎる人びとの姿が、目に灼きついた。素足には新しい藁の草履をはいていた。その一人と目が合った。わたしの猿郷の村の徳松どんで、わが家の田植えの加勢人だった。徳松どんの片手には親指がなかった。母は加勢のお礼を風呂敷に包んで、肩に結わいつけてやっていた。徳松どんの娘はわたしの同級生だったが、その後一夜にして親子の姿は消えた。

世の中には、白衣のまま冷たい川水に浸かって、祈りを捧げねばならぬ人たちがいるという事実が、幼い心に灼きついた。花結びの着物を晴れがましく思うわたしとは、まったく違う世界に棲んでいる人びとがいるのだ。これがわたしの、世界への初めての目醒めであったと思う。

徳松親子が出て行ったあと、最後にご飯をたべた茶碗が、きれいに洗って流しに置いてあった。その茶碗は花結びの紐とはあまりにも対照的な世界があることをはっきり示していた。

村の人びとは、親子が熊本へ行ったらしいと聞いて、いまごろどうして居りなさることやらと案じた。本妙寺へ行けば階段に座っていなさる彼らに逢えるかも知れぬと考えた。そして、たまたま熊本へ行く人があれば、徳松どんに逢うたらよろしゅうね、などと頼むのだった。わたしの孤独は、こうしたことを見聞きするなかで、始まったのだといまにして思う。

（二〇一六年九月六日掲載）

原初の歌

久しぶりに大倉正之助さんにお逢いした。近くにお能の会があって、ついでにお寄り下さったのだろうか。大倉さんは小鼓の名手で、もう三〇年近いおつきあいである。

いつもとちがう雰囲気だと思ったら、うしろにひどく血色のよい大柄な男性が、顔中笑顔で会釈した。

びっくり仰天して後すざりすると、大倉さんが飛び出してきて、

「この人はね、石牟礼さん、南米のボリビアからやって来たルイス・カルロス

さんです。ボリビアにはね、四千年前から唄われている民謡がありましてね、神謡ともいわれているんです。カルロスさんはその民謡の有名な歌い手なんです」

カルロスさんは手作りふうの小さなギターを手にしていた。チャランゴというそうだ。ボリビアでは、村人たちはみんな手作りのチャランゴを持っているという。

胸がとどろいた。眼の前に、突然ひとつの光景が現れた。大人用の半分くらいしかないオモチャのようなチャランゴを抱いた子どもが大人顔負けの表情で爪弾きしながら、岩礁の上を跳びはねている。山国の風が切なく澄んで、波の音と重なるように、チャランゴの弦が鳴る。

カルロスさんは六〇代前半ということだが、とてもそんな齢には見えない。無邪気そうな笑顔が若々しかった。髪の毛は黒くちぢれている。チャランゴを掻き鳴らしながら、すぐに張りのある声で唄い出された。

むかしむかし聞いたことのあるような格調の高い、それでいて現代の若者にもすぐ唄えそうな、ほがらかなメロディが、わたしの小さな部屋に響き渡った。大倉さんが布袋から小鼓を取り出して合いの手を入れる。ふつうの人間の声とは全然違う異様な声とともに、鼓が打たれる。

その音がカルロスさんの唄声とこの上ない調和をかもし出すのをわたしは感じた。その途端、お能が生まれ演じ続けられて来た深い意味がわかった。お能は民謡・神謡とともにあったのだ。わたしはまた、かの『梁塵秘抄』を想った。後白河法皇は「今様」に熱中して、声を二度破ったという。カルロスさんと大倉さんは、まるで現代の「今様」の世界を創っているように思えた。

現代で求められているのは、こういう奥の深い歌の世界ではあるまいか。今日の人間は子どものうちから、そして大人になってまでも、歌って踊っての毎日らしいが、わたしが想うのはそんな歌ではない。カルロスさんの唄は、そして大倉さんの鼓は、遠い神話の世界の格調を伝えていた。

これはひとりで聴くにはもったいない。すぐにそう思った。わたしはいま、入居者が三十数名いらっしゃる老人ホームにお世話になっているが、入居者のかたがたにも二人の演奏を聴いてもらいたい。管理者のかたにそう申し入れると、すぐに一階の食堂に希望者を集めて下さった。

カルロスさんがあちらの言葉で挨拶をなさるのを、大倉さんが通訳される。

「いまから唄うのは、ボリビアでずっと唄い続けられてきた名歌です。この先祖から伝わる歌はいまでも大事にされていて、集まりがあれば、必ずこの歌を唄うのです」

カルロスさんが唄い出した歌は、何となく讃美歌に似ていた。大倉さんの裂《れっ》帛《ぱく》の気合いと鼓の音が会場に響き渡り、不思議な調和をもたらす。そのうち大倉さんも唄い出した。明治時代のはやり歌らしい。カルロスさんもその歌は知っているようで、すぐ二人の掛け合いになった。何しろ大倉さんは、カルロスさんと三〇年のつき合いというから、息は合っているのである。

二人はどんどん盛り上がって来たが、ふと気づくと、二人を取り巻いている入居者のかたがたが、何ともいえぬ幸せな表情になっておられ、なかには涙を浮かべているかたもいらっしゃった。初々しい雰囲気があたりに満ちているのをわたしは感じた。

そのあと大倉さんはわたしに、何か自分のために書いて下さいとおっしゃった。能の台本を書けとおっしゃるのだろうか。わたしは二〇年近く前に、初めて「不知火《しらぬい》」というお能を書き、そのあと天草四郎を主人公にして、ふたつ台本を書いた。「不知火」は東京・熊本・水俣で上演されたけれども、四郎のお能はまだ舞台になっていない。

もうお能を書く元気はないし、大倉さんには何を書いてあげたらいいのだろう。しかし、いまのわたしに何か書くことがあるとすれば、やはりお能に近いものになるような気がする。本当は大倉さんの鼓の音、原初の地底からほとばしるようなあの音と、呼応するような作品を書きたい。

いや、もし人生をやり直せるなら、それこそ鼓の修業に一生を捧げたいくらいだ。大倉さんとカルロスさんの演奏から、まざまざと脳裏に浮かび上がってくる原初の歌の世界、すべてがそのうちに生成してくる歌の『創世記』に、わたしはからだも心も沈みこんでいた。

（二〇一六年十月四日掲載）

あの世からのまなざし

夢に母が来てくれないかと念じながら、枕につくようになった。

目をつむったあとしばらくして、睡《ねむ》りに入る徴候《ちょうこう》がはっきり出てくるときは、よい夢をみる。はじめはたいてい暗黒の中に、白い薄い雲だか花びらだかが、湧いては消えている。それが続くうちに、天然色の不思議な映像がいつも現れる。映像があまり鮮明でないときは、寝つきがいちじるしく悪い。

昨夜はブラックホールみたいな映像が、やたらと長く続いて、今夜も睡れぬかと思っていたが、不意に、非常に高い雲からのぞいたような都市がまず見え、それを振り払うような仕草で、母の右手が現れた。

姿は見えないのだが、晩年まだ畠《はたけ》をしていた頃の、柿渋色の手だけが、垂れるような形で、二度ほど手招きするように大写しに現れ、雲間の下の都市を消した。すると、重々しい色の古代緑とでも名づけられるような、出来たばかりの銅のレリーフが、彫り目もあざやかに浮上してきた。次いで、ギリシャの船の舳先《へさき》と一杯に張られた帆の一部だったか、母の手が消えたあとから現れたのである。おや、ひょっとして、早くおいでということかしらと思ったりしたが、まあそれもよかろうと思いながら睡ったらしい。

暁方の夢は感動的だった。

まだ若い、四十前くらいのアメリカの、青い服を着てふっくらと微笑している女性の写真が出て来た。もちろん知らない人だが、アメリカから時々、わたしのことが論じてあるのか、英文の雑誌が送られて来て、読めないままに気になっているせいかもわからない。

とにかくこの女性は、いま二人目の病弱老人を、終身おひきとりする手続きをしたということだった。身寄りのない子たちの里親制度というのはあるが、まったく寄辺ない老人を個人が引き取って、神の国への手引きとなるという制度が、実際アメリカにあるのか知らないけれども、夢ではそうなっている。父母を妹たちと看《み》とって、死期を迎えた病者の介護がいかなるものか、身にしみているので、そういう身の上の孤老を一人見送り、今度また二人目をひき受けるという。

出だしはそういうことだが、感動したのは、そのような老人と若い世代との心のきずなを、克明に追っている新聞記者が二人出て来たことである。

顔ははっきりしていて、そのいちずにうるんで瞬く眸《ひとみ》が、わたしのいたお寺に来たことのある尺八の名人に似ていたが、別人で、もう一人若いのは沖縄出身の顔だった。二人とも未知の人である。

一筋の、幾重にも迂回した道がある。左手に無惨に破壊された街が茫々《ぼうぼう》と広がり、地震だか核爆発で壊滅しているが、右側の方には、まだやっと芽立ったようなほの明るい草原が、ゆるやかな起伏をつくっており、ぽちぽち、粗末ながら家も建っている。

曲がりくねったこの遠い道は、人類の来し方と行く手のはるかさを暗示しており、あえぐように歩いている二人と同行しながらも、足がじつに重たく、彼らがここまでやって来た人間への至誠に感銘し、溜息をついていた。

するとと若い沖縄顔の人の眸が急に苦しみを湛えだして、うろたえていると、いま一人がすぐに腕をさし出して抱きとめながら、慎重な声で言った。

「あっ、わかったよ。わかっているからね。ちょっと待て」

彼は細心の注意をはらいながら、萌え出たばかりの草生の上に、後輩を静かに寝かせ、木綿のシャツの胸元を広げると、その左の乳首をそっと引いた。おどろいたことに、乳首を中心に四センチばかりを縁辺とした三角形が、蓋のようになっていて、それが開けられると、心臓が動いているのが見える。どのような神業でそうなっているのか。若者自身の生ま身で出来ている心臓の蓋と、それのはまる切断面は、生ま生まとしてはいるが、血は出ない。動いている心室の中から、透明な液が滲み出て、折から沈みかけている夕陽を受け、泉の露のように光った。

先輩の記者は開いている心室をながく陽にさらさないように、素早くしかし丁重にもとどおり、乳首のついた蓋で覆った。瞬きするくらいの間、わたしが道の彼方の夕陽を見ていたときに、なにか非常に適切な処置を施したらしいのである。

若い記者はその間、かすかに苦悶の表情を浮かべていたが、神秘な処置が終ると、ふうとひと息ついて、草の上に起きて坐った。それからとても意味の深い微笑をたたえて、しばらく彼方の夕陽をながめ、わたしたちを見上げた。

「ゆきましょう、さあ」

彼はそう言うと、少しよろめきながら立ち、二人の男はがっしり肩を組みあった。

人間の孤独、ほとんど終末に近づいている深い孤絶を癒やすべく、闘う男たちがここにいる。大草原は母の掌だった。大地は思いのほか暖かい。不思議な安堵《あんど》感が、わたしの足許から立ちのぼってくる。

それから長い一夜が続いて、見渡せば夜が明けていた。大草原の思いもかけぬほどの起伏や寒暖の差も、ゆったりとした母の掌の中にひろがっていた。

二人の男の齢《よわい》は親子ほどにも違うが、若い方のまなこに宿った涙を見て、齢をとった方のまなこにもじんわりと、夜明けに近いかなたの草原の、まだ暗い光が反映して、ゆえもなさそうに若い男はその目をこすった。

わたしはその指先を見ていて、一種のショックを覚えた。それは死んだ弟の一だったからである。

（二〇一六年十一月八日掲載）

女の手仕事

いつまでも暑いと思っていたら、急に冷えこみが来て冬になった。それでも夢に出てくるのは、なぜかいつも、春のれんげ草と小川だ。

春の小川はれんげ草の原野をつくって不知火海に流れ込んでいた。その小川のことを村の女たちは「洗濯川」と呼んでいた。村中の女たちは川沿いに集まって、古い布団の綿を洗って干して、打ち直しに出していた。綿は直径五センチくらいの綿の花から種を抜いて白い繊維を集めて作る。それを何度も洗い直し、打ち直しして古くなるまで使うのだった。

昔の家の中には囲炉裏の煙が充満していて、家中煤だらけだったものだが、綿も例外ではなかった。布団の綿の中まで煤が入り込んでいた。二、三年に一度その綿を取り出して洗う。もちろん布団を包む布も洗う。

川には小さな石の橋が架けてあり、洗濯板を持たない家の女たちはその石橋でごしごしと全身の力を込めて洗っていた。しまいには誰もがみな腰が痛くなる。布団洗いは女にとって大きな負担だったのである。

小川沿いにはフツ（ヨモギ）やセリや菜の花がいのちの限り地に這っていた。このフツを摘んできて餅や団子にするのである。百姓たちにとってフツ摘みは春の始まりを告げる華やいだ野遊びだった。

わたしも母や叔母に連れられて、体が隠れてしまうほど大きな一斗ザルを抱えて川べりに向かった。まるで一斗ザルが歩いているように見えたことだろう。親指を下にして、芽立ちの新芽だけを摘んでいく。指がフツの香りに染まるころには、一斗ザルの上にこんもりと新芽が積み上がる。家に帰るころには、春の日射しを浴びたフツの新芽はザルの上ですっかり小さくなるが、それでも子どものわたしには運べないほど持ち重りがした。

フツは摘んできたら長く時間をおいてはいけない。色や香りが飛んでしまわないうちに熱湯の中に一瞬だけ投げ込む。用意しておいた冷たい水にくぐらせて、団子のように丸めて水を絞る。すぐに庭先の干し場でドーナツ状にして月夜の夜風にさらす。早い家では一晩で香りが立ってくる。この季節には家々の庭先を夜風が通ると村中がフツの香りに包まれるようだった。

母はことにフツ集めに熱心だった。それには、父の亀太郎が天草の飢饉《ききん》の歴史を折にふれて話していたことが関わっていたのかも知れない。春の小川は海へ繋がっている。母はよく私を春の磯へも連れて行った。磯で、鬼の爪や嫁が笠などの貝類や、ウニやナマコを集めながら、母はよく言っていた。

「道子。よう見てみれ。ビナどん（巻き貝類）が数え切れんしこおるじゃろが。逃げ足の速さ、速さ。人間にゃ聞こえんばってん、おめき合うて逃げよるぞ。

追っかけて、取ろうぞ。大昔は、人間たちよりも、ここらあたりの海辺の方が賑わいじゃったろうぞ。さあ、追っかけようぞ」

母は躍るような足つきで、岩をまたぎ、腰をかがめては、磯行き籠を持ち直していた。

「あーあ、人間の暮らしちゅうものは、窮屈なもんやなあ。ビナどんのようにはいかん。海辺は広うしてよかなあ」

籠の中にはいつの間にか、マガリ貝だの、ハマグリだの、アサリだのが重なっている。その貝たちは、ひと晩塩水につけて砂を吐かせ、あくる日の晩ごはんになるのである。

十分砂を吐いた貝を塩ゆでにして、身をどんぶりに盛る。巻貝の場合は針を突っこんで、ぐるぐる廻して巻き取る。身を抜き取りながら、楽しみに自分の口にも入れる。

女の手仕事には遊びと楽しみがつきものだった。たとえ川での布団の洗濯が辛くても、それなりの楽しみもある。洗濯は雨降りのあとがよい。水量が増えるのである。そういうときには蛙たちが鳴く。腰まで浸って洗い物をしている女たちの耳に、その鳴き声は楽の音のように響く。

雨が降ると、川ぶちの麦畑には小さな水溜まりがいくつも出来て、その水鏡のような水面には、沢山の小さな生きものが遊び戯れていて、女たちの目を楽しませる。

わたしは麦畑の中の水鏡に、自分の姿を映してみるのが好きだった。祭りの前に足取りも軽くなったような自分が、そこに映っていた。足許にはフツやセリがびっしり生え揃っている。

磯での貝とりも遊びに近い。いや、最大の楽しみと言ってよい。磯には無数の生きものが立てるざわめきがある。そのざわめきを女たちは原始の人間のように聴きとるのである。

（二〇一六年十二月十三日掲載）

わが家にビートルズ

水俣のはずれのわが家の畑は、小高い丘の上にあった。畑仕事の手を休めると、下の麦畑の中の小道を、当時高校生だった息子が鼻唄をうたいながら家に帰る姿が目に入ることがあった。鼻唄や口笛の調子で、彼の気持ちが手に取るようにわかる気がした。むこうには丸みを帯びたような不知火海が広がり、息子の姿は夕陽の照り返しに包まれていた。

ある時、息子がその小道を何やら荷物のようなものを両手にぶら下げてやってきた。いたずらを思いついた少年のような表情をおし隠している。わたしは、荷物は何だろうと思いながら、その姿を眺めていた。息子は高い調子で鼻唄をうたっていた。

ぶら下げてきたのは、中古のスピーカーだった。この頃は帰りがやたらとおそく、年末の試験の時期なのにどうしてだろうと不思議だったが、どこかでスピーカーをいじっていたらしい。

いつになく誇らしげな様子で、「さあ、この真ん中に座って」とわたしをせかすと、ラジオにつないで音楽を鳴らし始めた。「おかしいな。もっといい音が出るはずなんだ」と、専門用語を並べながら得意げに説明してみせた。

自慢の相手が母親というのが何ともかわいらしいが、本人は独り立ちした男のようなつもりでいる。彼の鼻唄のビートルズを聴きながら、そういう年齢になったのかと思った。彼の鼻唄につられたのか、わたしもふと、ビートルズを口ずさんでいた。世界中の若者たちの間で、当時流行っていたそうだ。

息子はラジオから流れてくるこうした音楽を聴きながら、時折、一心に体をゆすって唄に声を合わせていることがあった。その姿を見て、いま息子は自分の中から沸き上がる「あこがれ」というものを確かめているのだと思った。その感覚には、わたしも覚えがあったからだ。

かつて幼い頃、秋の深まる山の中で、木々や花々から立ちのぼる精気を胸いっぱいに吸い込んで寝転がっていた時、わたしも官能の予感のような「あこがれ」に満たされたものだった。

息子のそのような姿を見る時、わたしは彼との間で詩的な情愛を共有しているような気持ちになった。そして、そのような情愛は、わたしと母の間にも確かにあったのだった。

ラジオは息子が自分で組み立てたもので、それをいじっている時はまるで専門家のような顔をして、わたしの声など耳に入らない。母屋の脇にあり、「鶏小屋」と呼んで物置に使っていた建物の二階に陣取り、そこにラジオを据えつけて、わたしには決して触らせなかった。二階といっても、はしごで上り下りする大きな棚のようなもので、脱穀機などの農具がしまってあった。それでも、その場所は息子だけの世界だった。

壁のない二階のラジオから流れるメロディーは、小屋に出入りするわたしの耳にもなじんでいた。鶏小屋というからには、多くはないが鶏と、それに豚も飼っていた。わたしが住んでいたところは水俣川の川口にあり、「とんとん村」と呼ばれていた。鶏や豚が鳴き交わす声が聞こえるだけの静かな集落だった。ビートルズはそれらの鳴き声や鼻息と混然となって、わたしのもとにやって来たのだった。

試験の時期になると、息子は小屋の二階で勉強の真似事を始める。ラジオの音楽はかけたままで、身が入らないようだった。わたしは息をひそめて、はしごを上っていった。二階の上がり口には座布団を積んで、バリケードにしてある。とうに気づいている息子の背後から、両脇に手をさし入れてこちょぐる（くすぐる）。

根を詰めろといってそうしたのではなく、わたしはただ勉強の邪魔がしたくなったのだ。そんな時、わたしはまるで息子と同じ年齢になるらしい。

教科書を広げるだけ広げてある小さな木の机は古びていた。それはわたしの母方の伯父である「国人《くにひと》しゃま」が使っていたものだ。石材を扱う家の跡取り息子に生まれたが、体が弱かった。それでも学問が好きで見識が高かったので、みなから「書物神さま」と呼ばれて敬われたそうだ。

わたしが生まれたころにはすでに亡く、「国人しゃまが生きておらいませば」と母から口癖のように聞かされて育った。わたしにとって、男の人のあるべき姿のように思えたのが、その古い机の元々の主だったのである。

「なんか、そん妙な唄は」

気がつくと、小屋の戸口までわたしの父が来ていた。ラジオのビートルズが気に入らないらしい。その父の唄声ときたら、天下の音痴というもので、宴会がたけなわになると、あぼたち（若い衆）がみんなで「亀太郎さん、真打ち真打ち」と催促する。それに応えて素っ頓狂な声を上げれば、あぼたちはお腹をかきむしり、お膳をひっくり返すのもかまわず笑い転げるのだった。

鶏小屋を建てたのも父だった。大水の時、水俣川の川口には上流から木々が流れ着く。そうした流木を材木にして、器用に建ててしまうのだった。生活に必要なものであれば、草履から五右衛門風呂まで、自分でつくるのをいとわなかった。

ある時、父がわたしの息子に向かって、「肥え柄杓ば、いっちょ作ってくれんかい」と言い出したことがあった。どういう考えだったのかはわからないが、村のある限り必要だと思っていた道具の作り方を覚えさせたかったのかもしれない。当時すでに大学に通っていた息子は「じいちゃん、大学ではそんなこと習わないよ」と言って、それきりになった。

（二〇一七年一月十七日掲載）

天の田植え

このごろ、昔よく聞いたビキ（蛙）の鳴き声を思い出している。水俣の小川や田んぼにいて、一匹二匹ではうるさく感じるのに、たくさん集まって鳴き出すと、不思議と澄んだ軽やかな音になって聞こえることがある。懐かしく思い出すうちに、歌のような言葉がわいてきた。

「青ビキにもならすじゃろばいなあ。

現に舟津の墓の上で、このあいだ、みんなして草取りに行きましたろが。あんとき、わたしが一番最後で、みんなからちょっとばかり、離れとりましたもんな。

そしたら耳もとで、ビキの声のしますもん。

ふつうの声じゃありませんと。天にのぼる時の声でございますと。

田植え前の泥水ば充分含んで、田んぼ一面が村祭りの前のごつなって、あちこちで光ってまいりましょうが。そしたらビキどもがいっせいに鳴き出して。そりゃよか声でございますばい、なあ道子しゃん。

この前の雨降りにゃ、ビキどもが天にのぼって、雲の間の田んぼに散らばって、田植え歌を面々にうとうとりました。

ころころ　ころころ
こおろ　ころ
天の山さね　行こうばい
天の山とはどこかいな

兎の鬼《おん》の子たちがゆくところ
光り道　光り道
兎の鬼の子たちがゆくところ
天の山で田植えがはじまった
くもりの田んぼの光り道
ころころ　ころころ
こおろころ
田植えおどりをおどるじゃの
ほらほら　ほらほら

聞こえますでしょ
兎の鬼の子たちが西の空から
東の方さね　びゅんびゅん飛んで
不知火海こえて　球磨川こえて

光り道　光り道

兎の鬼の子たちがのぼってゆくところ」

天から、こんなビキどもの田植え歌が聞こえてくるのは、雨やくもりのとき。ビキどもの鳴き声やら子どもたちの遊ぶ声やら、地上でたてる物音が雲まで届いてはね返り、まるまる天から聞こえるように降ってくる。

厚い雲間から光りがさす。光り道とは、そんなひと筋のことでもあるけれど、薄墨を流したような田んぼの間を通るあぜ道が、それ自体うっすらと光りを放つことがある。あぜ道のなげ返す光りが、天と地をつないでいる。ビキどもの田植え歌が、ことに賑やかになるのはそんなときである。

天に光りを投げ返すのは、あぜ道にかぎらない。漁師たちが、なめらかな布を広々と敷いたように穏やかな不知火海を見て、「きょうはひかり凪《なぎ》じゃ」とつぶやくとき、光りのひと粒ひと粒が踊るように、天との間を行き来している。薩摩との境あたりの石飛山から、ときおり精気のように立ちのぼるのが見えるのも、こうした光りのことである。

それは光りであり、生命の源とも予兆ともいえる。山の木々、渚のビナ（貝類）ども、田んぼのビキども、街の人間たち、生きとし生けるものの吸う息、吐く息ともなって、あまねく満ちている。海と大地を幾重にも取り巻いて、宇宙までつながっている気がする。

それは中空から、音となって聞こえてくることもある。天のビキどもの田植え歌は、そんな音のひとつに違いない。わたしは、これは大人になってからではあるけれど、そんな音のことを「秘音《ひおん》」と呼ぶようになった。生命の秘められた源がひととき音のかたちをとって、たまさか漏れ聞こえてくるからである。

水俣の街中にある栄町にいたころには、そうした音を耳にすることはなかった気がする。それが十にならぬうちに、家業の石屋の破産にともなって、水俣のはずれの川口にあった「とんとん村」に移ることになった。

牛や馬を解体したり、革をなめしたりする兄弟が拓《ひら》いた、まだ新しい集落だった。その兄弟は不知火海の対岸の天草から渡ってきたらしかった。なめした革で太鼓をつくってもいて、それをたたく響きが遠く街中まで届いたため、とんとん村と呼ばれるようになったという。

わたしは栄町に、だいじな友だちを残してきていた。それで、田んぼや畑の間の田舎道をたどって、訪ねて行ったことがある。幼い足では小一時間もかかったろうか。栄町の通りには、顔見知りの小母さんたちが立ち話をしていて、そばを通るとささやき声が耳に入った。

「あれ、まあ。おちぶれらしたもんじゃ」

「避病院の隣に行かしたちゅうが、元気にしとらすのか」

病院といっても、医者がいるわけではない。伝染病などで治る見込みがないとされた人が最後に行き着いたところで、あばら屋の板敷きの上に、病者たちが寝かされていた。のちに、当初は「奇病」と呼ばれた水俣病の患者たちが運ばれた先のひとつが、こうした避病院であった。

とんとん村への田舎道を帰りながら、小母さんたちの声音がわたしの耳を離れなかった。くもり空のすき間からさす光りが、目の前に延びる田んぼのあぜ道を照らしていた。

突然、あぜ道そのものが天に向かって光を放っているように見えはじめ、空からビキどもの軽やかな田植え歌が聞こえてきたのは、そんな帰り道のことだったろうか。今となっては、はっきり覚えていない。

（二〇一七年二月二十一日掲載）

椿の蜜

椿の鉢植えが一つ、療養している病室に届いた。わたしがことのほか好んでいるのを思い出して、知人が贈ってくださったようだ。小さなつぼみがちらほら。まだ閉じている花びらは、産毛が生えたようで可愛らしい。ふれてみると、繻子のようにすべすべしている。

やがて花開く時分には、花びらの奥、花粉を振り散らすおしべのさらに奥に、たっぷりと蜜をたくわえているに違いない。水俣の椿の木の下で、その蜜が霧のようにして、わたしの顔の上までふり落ちてきた記憶があるからである。

綿の入った「からいもっこ（おんぶひも）」でおぶわれて、母の背中の熱を感じていた。よほど幼いころだろう。母のおともで、不知火海を見下ろす丘に切られた段々畑に通っていたのだった。その段々畑にせまる山の際に、椿の木がかたまっている。五、六本もあったろうか。「親の木」と呼ぶような大木であった。

咲きごろになれば、母が畝《うね》の手入れをしているあいだ、わたしが寝かされている繁みの下陰は、やわらかな花びらを散り敷いたようになる。見上げれば、空いちめんの花である。その蜜は、髪の根元に、ぐずって乾いたほほに、ぽとりぽとりというよりも、花粉のように霧のようにふり落ちてくる。

花に酔ったのだろうか。「椿の花になりたい」と思った。それは幼いながら切実ともいえる思いで、畑仕事の手を休めた母にはどうしても伝えたい。けれど、そう願うばかり。そのころのわたしの内には、言葉というものがまだ生まれてはいなかったのである。言葉の出ない歯がゆさというものを覚えたのは、その時のことであったろうか。

この椿の大木には、弟の一がいたずらの盛り、下枝を足がかりに登りかけたはいいけれど、ずり落ちて幹と太い枝の間に挟まり込んだことがあった。驚いた母は「なんしよか。登っちゃならんち言うたろが」と助けようとしたが、引き抜けない。父や近くの男たちが駆けつけ、弟の腹の回りに菜種油をかけて、総出で引っぱり出す騒ぎになった。

あのころは、どこの家でも菜種を育てていた。水俣じゅうの家々に電気がゆき渡る前のことで、明かりをとるのに欠かせなかったのである。わたしの家では菜種を収穫すると、水俣川の上流にある水車を構えた家まで持ってゆき、油を絞り出してもらっていた。

絞ってもらうのは菜種だけではない。夏の名残がいよいよ薄れてゆくころ、堅くしまってころころとした椿の種を女籠《めご》に入れて担いでゆくのも、だいじな季節の仕事であった。椿の油は上等で、実や種が堅いことからか、「かたしの油」

とも呼ばれていた。髪にいいのは違いないけれど、そう多くは使えない。髪には搾りかすをあてがって、油のほうはいつあるか知れぬ仏事のために取っておく。これも取っておいた上等な唐藷《からいも》を、その油で揚げて出すのが欠かせぬもてなしであった。

椿の実のほしさに親の木を傷つけ申してはならぬことで、熟れて落ちるのを拾い集める。むこうに落ちた実の、厚い皮がパチンと音をたててはぜる。皮の裂け目からは、種が顔をのぞかせているはずだが、薄暗い下陰では遠目にはよく見えない。

すると、木の間から射してきた秋口の光が、裂け目の底をありありと照らし出したことがあった。つやのある深い茶色の種が四つ、六つ。ありふれた秋の光景であるのに、わたしは、なにか確かなものにふれたような驚きにうたれた。この目の前にあるものを、言葉にしたいとはっきり思ったが、思う以上のことをどうしたらいいのか、その時は分からなかった。

山へ取りにゆく油といえば、松根油も思い出す。戦時中のこと。松の根から取り出す油が、枯渇した航空燃料のかわりになるというのだった。代用教員をしていたわたしが勤める学校でも、掘り出して供出しなければならない。教え子の子どもたちを連れて野を歩くさまは、校庭でわら人形を竹やりで突かされるのにくらべたら、のどかには違いない。

それでも、わたしの気は重かった。松根油は特攻機の燃料に使われる、と耳にしていたからである。乗るのは、自分とそう歳の変わらぬ幼顔の兄《あぼ》（若者）たちだろうか。赤土からようやく掘り出した根っこは、大人でも抱えきらぬ大きさで、綱を結わえて引こうとしても、一人二人ではどうにもならなかった。

（二〇一七年三月二十八日掲載）

石の神様

　幼いころ、この世で一番えらいのは「セイショコさま」という神様だと思っていた。わたしを膝にのせて焼酎をだいぶ聞こし召した父が、この神様の名を口にするときにはやおら威儀を正すのである。

　熊本は水俣で、道普請（道路工事）を請け負う石屋であった。日が暮れて夕《ゆう》餉《げ》が済めば、若い職人たちも一緒に、だれやみ（晩酌）の会となる。なめらかになった口で、道路の基礎に埋める根石はどの山から切り出すのが上等か、などといつもの石談議が始まる。

あの山奥の石は間違いないが、算盤《そろばん》が合わぬ。そんなことを言う人があれば、父は憤然とちょこ（猪口）を置き、痩せた背筋をぴんと伸ばす。

「銭《ぜん》のなんのち言うては、セイショコさまに申しわけの立たぬことぞ」

まるきり神仏を畏《おそ》れ敬う口ぶりであった。この石の神様が、加藤清正公（セイショコ）という人間の名を持つとやがて知ったとき、なんとも不思議な思いをした。

算盤ずくとはほど遠かった家業は、わたしが小学校に上がってまもなく破産。「さしょうさい（差し押さえ）」という、子どもの耳には化け物めいて聞こえるものがやって来て、家財まるごと呑み込んでいってしまうのである。

父に連れられて、セイショコさまが築いたという熊本城を訪れたのは、そんな騒動の前のことだったろうか。我が神様のつくりなはった日本一の石垣を、娘に自慢するような気持ちだったに違いない。

もう夢のようにも思える記憶のなかで、父は苔の模様をうかせた石垣に手を添えて、「石の歳ば幾つち思うか」と聞くのである。きょとんとするわたしに「石どもは年月の塊ぞ。年月というものは死なずに、ほれ、道子のそばで息をしとる」。わたしはなんだか途方もない、寄る辺ないような気持ちになり、石の粉でざらざらにすり切れた父の手にすがりついた。

一年前の熊本地震。セイショコさまの熊本城は瓦や石垣が崩れ落ち、土煙に包まれたように見えたという。その揺れが来たとき、わたしは熊本市の療養先のベッドにいた。これはもう死ぬなあと思った。枕で顔を覆った。助かりたいというのではない。せめて顔に傷がない状態で発見されたいと願ったのだった。幸い、施設のヘルパーさんたちに助け出され、運ばれた先の病院の方々にもお世話になったおかげで、いまこうして生きている。

「セイショコさんが築いた石垣は、あとの時代に積んだ部分より、被害が少なかったそうですよ」。わたしの石への執着を知る人が、そんなことを教えてくれた。父に伝えたら、何と言うだろう。何を分かりきったことを、と渋面をつくりそうな気もする。

そういえば、薩摩に近い山里に父が道を通し、その渡り初めのお供をしたことがあった。道の石積みに沿うようにして野の花が咲き、石蕗《つわぶき》の黄色い花頸《くび》に暮れかけた陽の色が残っていた。

「花の道のできやした。さあ、道に足ば下ろしてくだはりませ」

父がそう声をかけても、山里の人たちは尻込みして動かない。神さまの通りよらす前に渡っては恐れ多いと、手を合わせる。その姿は道の石積みを拝むようにも、野辺の花を拝むようにも見えた。父は感じ入った様子で、「石の中でも花の咲くとぞ」とつぶやくのだった。

（二〇一七年四月二十七日掲載）

流浪の唄声

先月、熊本市の療養先に、三味線、尺八をたずさえた一座が見えた。わたしの新作能「不知火」を以前手がけてくださった演出家の笠井賢一さんと、お仲間の方々であった。今度は別の一篇を浄瑠璃にして、水俣のホールで上演なさった帰りだという。

三味線を伴奏に物語る芸能で、じょろりと呼んだ方がわたしにはなじみ深い。かつて全国を経巡《へめぐ》って暮らした芸能者たちがいた。旅の途上、水俣のわが家の前でも芸を披露するのを、子どもの時分まで目にしていたからである。

「粟もろて、棒竹もろて、石もろて、雨雪もろて暮らすも一生」

笠井さんたちが浄瑠璃にしてくださった「六道御前《ろくどうごぜ》」のなかで、流浪の芸能者の言葉をそう書いた。芸の見返りに粟や麦まじりの飯をもらうこともあれば、棒で打ち払われ、つぶてで追われることもある。わたしの育った昭和のはじめには、ときに苛烈とも言える貌をみせる民衆の世界がまだ残っていたのだった。

それはまず、不知火海がたてる波の音とも、渚のアコウの葉を揺らす風のしわぶきとも聞こえるような、かき消えそうな唄声としてやってくる。家の裏、山道の方角である。あとから続いて三味線やら琵琶の音が聞こえてこないだろうか、わたしは息をとめるようにして耳をすます。

「月に叢雲《むらくも》　花に風……」

近づいてくる琵琶歌は人に聞かせるというより、唄い手が我が身に語り聞かせる響きがあった。幼ごころにもの悲しさは身に迫る。その胸の底に、もう少し具体的な不安も首をもたげるのである。

五つのころから、着物に紐を花結びにしてもらい、父母に「ままんごのごたる（ままごとのようだ）」と笑われながら台所を手伝った。太い木目の浮いた米櫃《びつ》から、雑穀まじりの米粒を羽釜に量り入れるのが仕事である。米櫃はたいてい空に近く、器をさし入れて底をこさぐと、ごとりと音がした。貧しさに付いて回る音というのか。家業の破産にともない幼友だちをあとに残し、水俣のはずれまで移り住んだというのに、この音だけは頼みもせぬのに付いてきたのである。

瞽女《ごぜ》どん、琵琶弾きどん……。その訪れが山道の方角から聞こえると、村中がしんと息をひそめる気配がするようだった。心待ちにしていた音曲にはやる気持ちと、いつ自分たちも「雨雪もろて、されく（さまよう）境涯になろうか」という不安と、二つながら胸に迫っていたのである。

わたしの幼い気苦労をよそに、母はおよそ邪念というもののない人であった。「もらいやすかごつ、食べて加勢しちくれんな、言え（もらいやすいように、食べるのを手伝って、と言いなさい）」。そう、わたしに握り飯を、それがなければ唐藷《からいも》を持たせた。

母の気持ちのどこかには、心を病んだ実母おもかさまのことがあったのだろう。夫が権妻《ごんさい》（妾《めかけ》）を囲ったことが一因か、裾を裂いた着物を引きずり、されいてゆく姿は「しんけい（神経）どん」とあだ名されていた。「唐、天竺《てんじく》……」などと始終つぶやいてもいたから、その魂はいよいよ遠ざれき（遠くまでさまようこと）していたに違いない。

村の子どもは琵琶弾きどんたちを見ると、「かんじん（勧進。物乞いの意味）、かんじん」と囃し立てて石を投げることもあった。つぶては「しんけいどん」にも、助けに入る孫娘のわたしにも飛んできた。そのころから、わたしは自分自身のことも、魂の遠ざれきをする「失《う》したり者（いなくていい者）」の勘定に入れるようになったのである。

（二〇一七年五月二十五日掲載）

黒糖への信仰

我ながら、これほど黒糖に目がないのはどうしたことだろう。沖縄から海を越えて運ばれるうち、角のとれた小さなかけら。その褐色の肌理《きめ》に奥深い甘みと滋味が詰まって、飽きることがない。

主治医の先生から「三度の食事が優先、間食は控えめに」とクギを刺されている身である。小指の先ほどのかけらを一日二つまでと決めたが、これがなかなか守れない。先日も、あと一つだけと口に運んだところを、見舞いに来た古い友人に見つかった。

「また間食してから」と咎《とが》められ、「黒糖はわたしの信仰です」と思わず口走っていた。友人はふき出している。たいそうな言葉が出て来たものだが、なかば本心でもある。突然現れたかと思うまに、沖縄で戦死した兄を思う数少ないよすがなのである。

「実はな、お前には兄《あん》しゃまのおっとぞ」

父が言い出したのは、終戦の前年であった。前妻との間に息子がいたのである。ほどなく、父に似て線の細い青年が水俣のわが家にひょっこりやって来て、一緒に住むことになった。息子どころか、前妻の存在も知らされていなかった母は、十日ばかり寝込んだのではなかったか。

しかし、兄は癇性《かんしょう》の父に似ず、穏やかで心根の優しい人だった。共に暮らすうち、母は「魂の深か人」とまで兄のことを褒めそやすようになるのである。

貧しい百姓暮らしのこと、米の供出の割り当てを守ると、あとにはいくらも残らない。飢饉も戦時の食糧難も、救ってくれるのは目の前に広がる不知火海

であった。天草の島で育ったらしい兄は、ビナ（貝）の捕り方をよく知ってい
て、わたしを誘うと、しょうけ（ざる）を抱え磯に下りていくのである。
渚は命のざわめきに満ちていた。アサリ、ハマグリ、鬼の爪……。ぞろんこ
ぞろんこ、ひしめいて、近づこうものなら本当に、こけつまろびつ逃げていく。
「やあ人間ぞ。早う早う」。呼び交わし、岩肌にぺったり吸い付いた舌先を、は
がしてはまた吸い付いての急ぎ足。最後は水の中に、とぷん。湖のような水面
に、さざ波が立つばかりである。
なかには逃げ遅れて、岩陰にひっそり息を殺しているものもいる。兄はその
ビナを器用にひっくり返してゆく。ふとその手を休めて、「思いがけず、妹のおっ
たなぁ」とはにかむのである。
間もなく、兄は召集された。わたしたちのもとにやって来たのも、遠からず
兵隊にゆくことが分かっていたからだろう。部隊は北支（中国北部）のあと、
沖縄に送られた。当時、代用教員の錬成所に通っていたわたしは、きょうこそ

兄からの手紙が来るかと心待ちにしていたが、舞い込んだのは「沖縄玉砕」の一報であった。

時を置いて届いた公報には、沖縄本島南部で戦死とあったそうだ。たしかな場所はいまも分からない。

戦後、ものを書くようになったわたしは取材で沖縄を何度か訪れた。兄のことを知った地元の方が「南部の戦跡をまわってみますか」と言ってくださったこともあるが、ありがたく思いながら遠慮させていただいた。

戦死した兄は、ただお国を守ろうと願って沖縄に赴いたに違いない。それでも、島さながら戦場となり、県民の四人に一人が亡くなったという沖縄の受苦を思うと、ご厚意に甘えるわけにはいかなかった。南部にあるひめゆりの塔だけを訪れ、手を合わせた。

道すがら、広いサトウキビ畑に出た。白い穂が波のように耀《かがよ》い、葉擦れのざわめきが聞こえるばかりだった。

（二〇一七年六月二十九日掲載）

原初の渚

パーキンソン病というやっかいな患いに捕まって、十数年になる。療養先の病院では、ベッドから車いすに移るにも遠慮せず看護師さんを呼ぶよう、言っていただいている。それでも起居のたびにお世話になるのは、どこか気兼ねするものである。先月のこと、洗面所ぐらいは自分で、と考えたのが間違いだった。

気がつくと、離れて暮らす妹や姪たちが病室のベッドを取り巻いていた。「お姉ちゃん、また心配させてから」。聞くと、一人で立とうとして転倒し、右大腿骨を折って気を失っていたのだという。

九十を超えて大腿骨を折るのはただ事ではない。血相を変えて駆けつけた妹たちに、わたしは「お菓子を食べてもよかでしょうか」と言ってあきれさせたそうだが、よく覚えていない。手術も無事に終えたが、今も起きながら夢のあわいにいるようである。

横になってまぶたがだんだん重くなると、まばたきの立てるさざ波が、額にある渚まで打ち寄せてくる。生え際のあたりで波に砂粒が踊り、さりさりと音をたてる。遠ざかる意識のなかで、わたしはどこか見覚えのある海辺にいるのである。幼いころからビナ（貝）を捕りに通った水俣の不知火海のようでもあり、もっと奥深い懐かしさに胸が満たされるようでもある。

実は八年前にも転倒して、もう片方の大腿骨の骨折をしでかしている。その入院中に、やはり夢うつつで幻視したのが、この原初の海とも呼ぶべき渚であった。

わたしはひとひらの蝶になり、水面に幾筋もの気根を垂らすアコウの巨木にとまっていた。生命が海から陸へと上がりかけた姿を、そのままとどめたような樹である。そのアコウの渚から後背の山々へと広がる千古の森に、沖から海風が吹き渡る。風は木々の葉の一つひとつを自在に奏でながら、森全体をふるわせる。それは生命のはじまりを思わせる響き、音による浄福であった。

沖縄や奄美では、蝶は「はびら」「はびる」と呼ばれ、人の体から抜け出した「生き魂《まぶり》」と考えられている。そう教えてくださったのは、奄美大島《あまみ》に長く住んだ作家の故島尾敏雄さん、ミホさん夫妻であった。忘れがたいお二人の言葉に誘《いざな》われて、わたしの生き魂も蝶となり、病室から迷い出たのかもしれない。

ことに奄美の離島、加計呂麻《かけろま》島で育ったミホさんとは言葉を交わさずとも通じ合うものがあった。不知火海が生んだ子どもがわたしであれば、奄美の海が生んだ子どもがミホさんであった。

二十数年前に対談させていただいた時のこと。有機水銀に汚染された不知火海は見るに忍びないとわたしが漏らすと、ミホさんは我がことのように同情を寄せてくださった。それが形ばかりでないことは、深い色をたたえた眸を見ればわかるのだった。

海が汚染されるということは、環境問題にとどまるものではない。それは太古からの命が連なるところ、数限りない生類と同化したご先祖さまの魂のよりどころが破壊されるということであり、わたしたちの魂が還りゆくところを失うということである。

水俣病の患者さんたちはそのことを身をもって、言葉を尽くして訴えた。だが、「言葉と文字とは、生命を売買する契約のためにある」と言わんばかりの近代企業とは、絶望的にすれ違ったのである。

（二〇一七年九月二十八日掲載）

なごりが原

秋の深まる夕暮れには、風が色を変えるのが目に見える。すすきの穂波が不知火海の照り返しを浴びて、金色に透けるような日のことである。水俣川の川口から磯づたいに続くすすきの原っぱは、大《う》まわりの塘《とも》（土手）と呼ばれ、幼いわたしの一人遊びの舞台であった。

うねる穂波に頬を洗われながら、土手の細い踏み分け道をたどっていた。昼日中でもしんとして、ひとけがない。「晩になれば、狐の嫁入りの提燈灯りの通りよらす道ぞ」。大人たちからはそう聞かされていたのだ。

道すがら、藪の下陰にちらちら灯りが揺れた気がして息を呑んだ。見ると、赤々と熟れて垂れ下がる磯茱萸《ぐみ》の実であった。熟れるにつれて、内から深い緋の色が浮かんでくる。小さな実であるが、口に含むとたいてい渋い。その分、当たりの一粒のうれしさはひとしおである。

固い棘《とげ》のある枝を四つん這いでくぐり抜け、夢中で実を集める。そのうち、ふさふさした尻尾がお尻から生え出たような気になってくる。「コーン」とひと声、ためしに鳴いてみる。すると、まるで本性は狐の仔《こ》である自分が、たまさか人の子に化生《けしよう》していたように思われたのである。

足元の野菊に残った陽の色を吹き消すように、さびしい風がひろびろと渡ってゆくのはそんな時である。顔を上げると、不知火海のむこう、天草の島にかかる落日はもう茱萸色に滲んでいる。一吹きで人の子に戻されたわたしは、一目散に逃げ帰るのだった。

大まわりの塘に
晩にはゆくな
神さまがたの土手じゃから
しゅうりりぎんぎん
すすきがゆれる
ゆけどもゆけども
すすきがゆれる

お狐さまならまだ話も通じようが、大まわりの塘に夜な夜な集うのは、村の大人たちが「あの衆《し》たち」と畏れ敬う川の神や山の神、ガゴと呼ばれる妖怪たちであった。海と陸の境にある渚辺《なぎさべ》は、人と人ならぬものたちの世界の境でもあったのである。

一〇年ほども前だったか、この大まわりの塘を思い起こしながら、狂言「なごりが原」を書いた。なごりが原でうたた寝する笛の名手のもとに、人に化けた狐が現れ、人ならぬものたちの祭で、魂送りの笛を吹くよう頼むという話である。先月、野村萬斎さんをはじめとする方々が熊本県立劇場で初演してくださったのは、思いも掛けぬ幸せであった。

大まわりの塘と狐たちには後日談がある。やがてチッソの工場がやって来て住処を追われた狐たちは、漁師に頼んで塘から舟に乗り、天草へ渡してもらったというのである。「天草で働いて渡し賃ば返しやす」と手持ちのないことを詫びる狐の話を、わたしは幾人もの古老から聞いたのだった。

祖父の松太郎は石屋の家業を破産させたあと、釣りで暮らした人であったが、幼いわたしを小舟に乗せて不知火海に漕ぎ出すと、大まわりの塘を眺め渡して、「なごり惜しさよ」とつぶやいたことがあった。今生の別れでもあるまいに、絞るような声であった。

なごりという言葉は、波が去ったあとに残るものを指す「波残り《なみのこ》」からきたとも聞く。波あとに浮かぶ泡沫《うたかた》のような人間の身にも、もの懐かしさがふと胸に迫ることがある。

大まわりの塘は後年、チッソ工場が排出し続けたカーバイド残渣《ざんさ》（残りかす）の下に埋もれることになる。祖父は知らぬうち、「あの衆たち」の世界の残照を惜しんでいたと思えてならないのである。

（二〇一七年十月二十六日掲載）

食べごしらえ

橙《だいだい》色に熟れかけた烏瓜《からすうり》のつるを抱えて、詩人の伊藤比呂美ちゃんが見舞いにみえたのは、今月初めのこと。肺炎で療養中の病室には秋の彩りがありがたく、しばらく眺めて暮らした。

数日も経つと、実の赤みがいよいよ増してきて、鳥も啄《ついば》まぬと知りながら、山柿のような色つやに魔がさした。歯を当ててると、口中にチカーッとする苦みが走り、目の覚めるようだった。

こうした行状を知ってか知らずか、年来の友人の比呂美ちゃんは「どうして石牟礼さんは食べもののことばかり書くのかな」と首をひねっていたそうだ。

一緒に病室にいらしたエッセイストの平松洋子さん、料理研究家の枝元なほみさんと、見舞いの前日、拙著について鼎談《ていだん》してくださった折のことである。

熊本市の会場にお越しになった方々のため、枝元さんは水俣の海山の幸を思い浮かべて、蛸《たこ》やむかごをあしらったお弁当をこしらえなさったそうだ。病み上がりで流動食のお世話になる身ではお福分けにあずかれず、なんとも惜しいことをした。

とろみのついた粥《かゆ》状の病院食も、飲み下しやすいように工夫してくださったもの。ありがたくいただかねばと思いながら、添えられた鯛味噌《たいみそ》にばかり匙《さじ》が向かうのは、我ながら困ったことである。

鯛と言えば、幼いころの忘れがたい味がある。祖父はある時から、水俣のわが家にほど近い湯の児温泉で権妻（妾）さんと暮らすようになったが、おきやさまというその女性には、ことに煩悩をかけて（かわいがって）いただいた。

祖父を訪ねて、母に手を引かれるわたしを見つけると、「ごっつしゅう（ごちそうしましょう）、みちこしゃんにごっつしゅう」と、いそいそし始めるのである。

〈湯気の立っているごはんの上に透きとおった厚い刺身を四、五枚のせ、鉄瓶の口からお湯をしゅうしゅう噴き出させて、琥珀《こはく》色の「手醬油《じょうゆ》」を垂らして蓋をする〉

おきやさまが仕入れるのは青光りのする鯛。むろん、無塩《ぶえん》の魚《いお》である。塩で保存処理していない活きのよい魚を土地ではそう呼ぶのだった。

〈青絵のお碗の蓋をとると、いい匂いが鼻孔のまわりにパッと散り、鯛の刺身が半ば煮え、半分透きとおりながら湯気の中に反っている。すると祖父の松太郎が、自分用の小さな素焼の急須からきれいな色に出した八女茶をちょっと注ぎ入れて、薬味皿から青紫蘇を仕上げに散らしてくれるのだった〉（『椿の海の記』）

気がつくと、こうして食べごしらえのことに筆が進んでしまうわけは、わたしも知りたいところである。美食にはほど遠く、ただ海山のとれとれをいただいてきただけのこと。書くうちに、そんなつつましやかな贅沢気分を思い出すのかもしれない。それでも、食べることの底にはいつも、いくらかの愁いが沈んでいるのだけれど。

「前の生じゃ、盗人《ぬすど》犬《いん》じゃったばい」。わたしの祖母を慮《おもんぱか》ってか、近所の小母さんたちがおきやさまを罵る声は、幼い耳にも聞こえていた。その言葉には、わが家の先隣にあった妓楼の娘たちに向けて吐かれる言葉と、似た響きがあった。

不知火海に浮かぶ天草などの島々から、米のないばかりに売られてきた十六やそこらの幼顔の残る娘たちは「無塩の娘《おなご》」などと呼ばれ、夜ごと売りひさがれていたのである。

（二〇一七年十一月三十日掲載）

明け方の夢

　先日、年若い友人が熊本市の療養先を訪ねてみえた。新聞社の水俣支局にいるうち働き盛りで早期退職をして、そのまま水俣に居着いてしまった人である。「最近、一緒に住むようになって」。かざして見せられた携帯電話から、「にゃあ」と声がした。赤茶色の虎猫の仔であった。

　もの心ついたころから、いつも近くに四、五匹はいたものだったが、足腰の自由が利かなくなり、飼うのをあきらめてもう数年になる。時折、こうして猫のお福分けにあずかって気を紛らわせている。

水俣川の川口近くに住んだ家は、近代化の波がそこだけ遠慮して通り過ぎたような百姓家であった。猫たちは飼うともなく、床や壁の破れ目から、するりと入り込んで来るのである。父や母と追い出し役を押しつけ合ううち、十数匹も居着いてしまって、しまいには猫一家に人間一家が同居させてもらっている風にもなってくるのだった。

白も黒も赤も三毛もいて、みなミイと呼ばれていた。あれは黒白ぶちのミイだったろうか。ほとんど納屋のような貧家であったから、水俣川を下ってきた流木を使った梁はむき出し。ボラやアラカブ、海のものを囲炉裏であぶった煙が染みついてもいる梁の上で、ねずみが台所からくすねたダシジャコをこれ見よがしにカリカリやる。その顎の動きまで目に入ってしまう。

「お前《ま》や、好物の盗らるっぞ」と、ミイの太ったお尻を押してみると、後足で蹴り返して抗議する。母のはるのは「ほんにほんに、ねずみもろくろく捕りきらん」とあきれた声を出しながら、魚を料《こしら》える時はいつも、わたをまず煮てやって、人間より先に食べさせてしまうのだった。
この前、明け方の夢を書き留めるようにしるした「虹」という短い詩にも、やっぱり猫が貌をのぞかせた。どうやら、黒白ぶちの面影があるようにも思える。

不知火海の海の上が
むらさき色の夕焼け空になったのは
一色《ひといろ》足りない虹の橋がかかったせいではなかろうか
この海をどうにか渡らねばならないが
漕ぎ渡る舟は持たないし
なんとしよう
媛《ひめ》よ

そういうときのためお前には
神猫の仔をつけておいたのではなかったか

その猫の仔はねずみの仔らと
天空をあそびほうけるばかり
いまは媛の袖の中で
むらさき色の魚の仔と戯れる
夢を見ている真っ最中

かつては不知火海の沖に浮かべた舟同士で、魚や猫のやり取りをする付き合いがあった。ねずみがかじらぬよう漁網の番をする猫は、漁村の欠かせぬ一員。釣りが好きだった祖父の松太郎も仔猫を舟に乗せ、水俣の漁村からやって来る漁師さんたちに、舟縁越しに手渡していたのだった。

ところが、昭和三十年代の初めごろから、海辺の猫たちが「狂い死にする」という噂が聞こえてきた。地面に鼻で逆立ちしてきりきり回り、最後は海に飛び込んでしまうのだという。死期を悟った猫が人に知られず姿を消すことを、土地では「猫嶽《ねこだけ》に登る」と言い習わしてきた。そんな恥じらいを知る生きものにとって、「狂い死に」とはあまりにむごい最期である。

さし上げた仔猫たちが気がかりで、わたしは家の仕事の都合をつけては漁村を訪ね歩くようになった。猫に誘われるまま、のちに水俣病と呼ばれる事件の水端《みずはな》に立ち合っていたのだった。

（二〇一八年一月三十一日掲載）

カワイソウニ

渡辺京二

石牟礼さんについて、いま私は何も語る気にはなれないのです。方々からの注文はみな断りました。ただひとつ例外として、「現代思想」に短いものを書きましたが、これは『苦海浄土』の成立について誤解なさっている方があって（そういう誤解は従来もあったのですが）それを解くのに必要なことだけを明らかにしたのです。

今回の黒田杏子さんのご依頼もお断りしたいところですが、黒田さんの故人への御厚志を思い、ひと言、ふた言くらい申し上げることに致します。

私は五十年にわたり故人のお世話を致しましたが、それは故人の大才が発揮されるための日常の環境づくりに尽きておりまして、彼女の仕事は私に関わりなく彼女自身のものです。私がいなくても、あの方はあれだけの仕事を独力でなし遂げたに相違なく、このことははっきり申し上げておきます。

じゃ何でおまえは五十年間も原稿清書やら雑務処理やら、掃除片づけから食事の面倒までみたのかとお尋ねですか。好きでやっただけで、オレの勝手だよ。と答えればよいのですが、もちろん私は故人の仕事が単に大変な才能というにとどまらず、近代的な書くという行為を超える根源性を持つと信じたからこそ、いろいろお手伝いしました。

その手伝いなんて誰でもやる気があればやれること。特筆に値しません。

私はその間ちゃんと家族も養い、自分の本も書きました。故人に捧げし一生という訳ではなかったのです。

しかし、そういう大変な使命を担った詩人だからこそ、お手伝いに意義を感じたのだと言えば、もうひとつ本当ではありません。

私は故人のうちに、この世に生まれてイヤだ、さびしいとグズり泣きしている女の子、あまりに強烈な自我に恵まれたゆえに、常にまわりと葛藤せざるをえない女の子を認め、カワイソウニとずっと思っておりました。カワイソウニと思えばこそ、庇ってあげたかったのでした。

ひとに必要とされるのは何より単純明快な生き甲斐であります。私はいまその生き甲斐を失って、生れて初めて何のために生きるのかという問いの前に立たされました。笑うべきことであります。


（「藍生」二〇一八年六月号掲載）

解説

道しるべの花あかり

上原佳久

震える手で握った赤ペンが、指のすき間からぽとりと落ちる。握り直しては、またぽとり。それでも、石牟礼道子さんは原稿の推敲をあきらめず、こうつぶやいた。

「余計な言葉が、一つあってもいけません」

石牟礼さんは二〇一五年一月から、朝日新聞西部本社版(一七年四月から全国版)に、月一回の連載エッセー「魂の秘境から」を執筆した。わたしは担当記者として毎月、熊本市の療養先の介護施設を訪ね、パーキンソン病と闘いながら石牟礼さんが最晩年の仕事に取り組む姿に接した。

担当と言っても、当初は、できあがった原稿を受け取りにうかがうだけ。ご自身で筆を執ることがままならない石牟礼さんの口述を書き取る仕事は、半世紀にわたって編集者役を務めてきた渡辺京二《わたなべきょうじ》さん（その間、思想史家として『逝きし世の面影』など多くの著作も手がけてこられた）と、水俣病闘争以来の古い友人である阿南満昭《あなんみつあき》さん、熊本市在住のお二人が引き受けてくださっていた。

連載開始から二年が経とうとする、一六年一二月ごろのこと。渡辺さんから電話があり、「もう連載を続けるのは難しいかもしれない」と告げられた。

この時、石牟礼さんは八十九歳。八十六歳の渡辺さんが杖をつき、毎日のように施設の居室を訪ねては身の回りの世話を焼き、体調がよさそうな折を見て、口述を原稿用紙に書き留めていた。だが、病状の進行によって、石牟礼さんが口述に集中できる時間は日に日に短くなっていった。興が乗ってきたと思うと、息が苦しくなる発作が始まることもしばしば。丸一日試みて、それでも一行も進まない日が増えつつあった。

「あれだけの仕事をしてきた人に、これ以上書けとは言いたくない」

いちばんそばで、最も長く石牟礼さんを支えてきた渡辺さんが悩んだ末の、重い判断と受けとめざるをえなかった。

数日後、施設を訪ね、ベッドに横になっていた石牟礼さんに切り出した。「もう十分、お書きいただきました。連載はこのあたりで……」

すると、石牟礼さんは一言だけ、

「いいえ、続けます」。

あまりにきっぱりとした口調に、「お体にさわりがあっては」という言葉はのみ込むほかなかった。

ただ、渡辺さんと阿南さんのご厚意にこれ以上、甘えるわけにもいかない。

そうして、年が明けた一七年春ごろから、渡辺さんの指導を仰ぎながら、石牟礼さんの口述を書き取る役目を引き継ぐことになった。

月に四日ほど、職場のある福岡市から熊本市の施設に通った。ノックをして、段差のない居室の敷居をまたぐと、車いすの石牟礼さんが大きな木のテーブルに向かっている。

火が使えないかわりに炊飯器で炊き込みご飯の「食べごしらえ」をしていたり、俳句を書き付けた帳面を整理していたり。その手を休めて、「あら、ようこそいらしてくださいました」と顔を上げる。連日訪れても毎回、久しぶりに再会したような丁寧なあいさつで迎えられた。

仕事はすぐには始まらない。「まずはお茶でも」とすすめられ、こちらは持参したいつものプリンの包みを開く。石牟礼さんはスプーンで口に運ぶと、感に堪えないといった声が出る。「あら、こんなにおいしいものは生まれて初めていただきました」

アップルパイを手土産にした時には、「あら、こんなにおいしいもの、いつから日本にあったのでしょうか」と、しみじみ驚いた表情。ちょうど居室にやって来た渡辺さんに「石牟礼さんの若いころ、アップルパイはなかったんですか」

と聞くと、はいはい、いつものことね、といった少し呆《あき》れた表情で「あなたね、この人は『女優』なの」。

もちろん、石牟礼さんが人を喜ばせるための演技をしていたというわけではない。大好物の甘いものを口にする新鮮な喜びを、感じたままに素直に表現していただけに違いない。遺した仕事の大きさをいったん脇に置いてみれば、会う人みなが魅了されずにはいない、とびきりチャーミングな人だった。

そうして長い時には一日六時間以上、ご一緒することもあったが、口述の仕事ができたのは一日三十分程度。石牟礼さんといえども、無数に散らばり、あるいは折り重なった記憶に一つの構成を与えて語り出すには並々ならぬ集中力がいる。次第に言いよどみ、表情がこわばってくる。その兆候にいち早く気づいて止めないと、後から襲ってくる息の苦しくなる発作が長く、重いものになる。

連載が始まった当初、一日二回ほどと聞いていた発作の回数は目に見えて増え、ベッドに横になる時間が長くなっていった。

一七年八月、居室内で転倒して大腿骨を骨折。十一月、肺炎で入院。そして、再度の骨折。まさに満身創痍となりながら、なお口述と原稿の推敲に取り組み続けた石牟礼さんがつぶやいたのが、冒頭の「余計な言葉が、一つあってもいけません」という言葉だった。

〈ことばを焚いてきた。ことばが立ち昇らなくなると、自分を焚いた〉

かつて水俣病患者たちの支援運動のさなか、石牟礼さんはエッセー「じぶんを焚く」にこう書いた。その言葉そのままに、我と我が身を火にくべてでも、次の一語を立ち昇らせようとする鬼気迫る姿だった。

なぜ、そこまで書こうとするのか。

車いすに座った小柄な石牟礼さんに気圧《けお》される思いで、水俣での幼い日々の思い出を語る声に耳を傾けた。

「陽光を照り返して、一枚の布を敷いたように見える穏やかな不知火海。漁師さんは『光凪《ひかりなぎ》』と呼んでおりました」

「渚は命のざわめきに満ちていました。アサリやハマグリ、鬼の爪が、ぞろんぞろんこ、ひしめいていて」

言葉によって目の前に立ち上がる不知火海の情景に包まれながら、こう思わずにはいられなかった。石牟礼さんは、失われた世界を言葉の力によって甦らせようとしているのではないか。

その失われた世界とは、石牟礼さんが作品に書き続け、伝え続けてきた、人間を含む生類の「命つながる世界」のことだったのだと思う。

母はるのさんと春の磯辺で貝を採った思い出は、方言も豊かにこう語られる。

〈「道子。よう見てみれ。ビナどん（巻き貝類）が数え切れんしこおるじゃろが。逃げ足の速さ、速さ。人間にゃ聞こえんばってん、おめき合うて逃げよるぞ」

……磯には無数の生きものが立てるざわめきがある。そのざわめきを女たちは原始の人間のように聴きとるのである〉

（「女の手仕事」）

貝たちや魚たちの命のざわめきに満ちた昼が過ぎ、夜が訪れると、海辺はその表情を変える。「大まわりの塘《うとも》」と呼ばれた土手が、太陽の下では見られないにぎわいに包まれる。

〈大まわりの塘に夜な夜な集うのは、村の大人たちが「あの衆《し》たち」と畏れ敬う川の神や山の神、ガゴと呼ばれる妖怪たちであった。海と陸の境にある渚辺《なぎさべ》は、人と人ならぬものたちの世界の境でもあったのである〉（「なごりが原」）

石牟礼さんの言葉は、読む人をかつて存在した豊饒な世界へといざなう。同時に、その喪失に立ち会わせる。

〈大まわりの塘は後年、チッソ工場が排出し続けたカーバイド残渣《ざんさ》（残りかす）の下に埋もれることになる。祖父は知らぬうち、「あの衆たち」の世界の残照を惜しんでいたと思えてならないのである〉（同）

工場排水に含まれた有機水銀による海洋汚染。「命つながる世界」は、そうして引き起こされた病によって、人と自然のつながり、人と人との絆もろとも断ち切られてしまう。

〈海が汚染されるということは、環境問題にとどまるものではない。それは太古からの命が連なるところ、数限りない生類と同化したご先祖さまの魂のよりどころが破壊されるということであり、わたしたちの魂が還りゆくところを失うということである〉　（「原初の渚」）

茶飲み話の時だったろうか、石牟礼さんがふと語った、こんな言葉が取材ノートに書き留めてある。

「いまの人は、自分が一人で完結しているように思っているのかもしれませんねえ。わたくしの父母や、昔の人はそうではありませんでした。大きな何かにつながっていて、それを日々感じていたんですね」

石牟礼さんが語り伝えようとしていたことは何か。その答えは、彼女が遺した作品のなかに、読む人それぞれが見つけるものであるに違いない。

〈闇の中草の小径《こみち》は花あかり〉　（『石牟礼道子全句集』）

人それぞれたどる小径に、石牟礼さんの遺した言葉が点々、道しるべの花あかりとなる。

（うえはら　よしひさ／朝日新聞記者）

本書は、二〇一五年一月六日〜二〇一七年三月二十八日までの二十四回分は朝日新聞西部本社版に、
また二〇一七年四月二十七日〜二〇一八年一月三十一日までの七回分は朝日新聞全国版に、
それぞれ月一回ずつ掲載されたものです。
（二〇一五年七月、二〇一六年四月・七月、二〇一七年七月・八月・十二月は休載）

魂《たましい》の秘境《ひきょう》から　朝日文庫

2022年1月30日　第1刷発行

著　者　石牟礼道子《いしむれみちこ》

発行者　三宮博信
発行所　朝日新聞出版
〒104-8011　東京都中央区築地5-3-2
電話　03-5541-8832(編集)
03-5540-7793(販売)

印刷製本　大日本印刷株式会社

Published in Japan by Asahi Shimbun Publications Inc.
定価はカバーに表示してあります

ISBN978-4-02-262059-0